LA DAME À LA CASSETTE

Pour Michel et Sophie,

et aussi pour Paul et

Jules,

pour qu'ils effectuent tous

une plongée dans les

ténèbres dorées de la politique,

en cordial souvenir

PHILIPPE ALEXANDRE

Gaston Defferre, Solar, 1964.
Le Président est mort, Solar, 1965.
L'Élysée en péril, Fayard, 1969.
Le Duel de Gaulle-Pompidou, Grasset, 1970.
Chronique des jours moroses, Solar, 1971.
Exécution d'un homme politique, Grasset, 1973.
Le Roman de la gauche, Plon, 1977.
Vie secrète de Monsieur Le, Grasset, 1982.
Marianne et le pot au lait, en collaboration avec Roger Priouret, Grasset, 1983.
En sortir ou pas, en collaboration avec Jacques Delors, Grasset, 1985.
Paysages de campagne, prix Aujourd'hui 1988, Grasset, 1988.
Mon livre de cuisine politique, Grasset, 1992.
Plaidoyer impossible pour un vieux président abandonné par les siens, Albin Michel, 1994.
Nouveaux Paysages de campagne, Grasset, 1997.

BÉATRIX DE L'AULNOIT

Un pantalon pour deux, Stock, 1984.
Un homme peut en cacher un autre, Stock, 1985.
Gorby passe à l'Ouest, Stock, 1988.
Les Rochambelles, Jean-Claude Lattès, 1992.
Le Triangle de Tokyo, Denoël, 1998.

PHILIPPE ALEXANDRE ET BÉATRIX DE L'AULNOIT

La Dernière Reine – Victoria 1819-1901, Robert Laffont, 2000.
La Dame des 35 heures, Robert Laffont, 2002.
Le Roi Carême, Albin Michel, 2003.

PHILIPPE ALEXANDRE
BÉATRIX DE L'AULNOIT

LA DAME À LA CASSETTE

ROBERT LAFFONT

ISBN : 2-221-10337-8

« Il faut, pour me donner conseil,
que je voie ma cassette... »

Molière, *L'Avare*,
acte V, scène 6.

1

Une énorme tirelire

Il faut être ministre ou chef d'État pour traverser Paris en avalant les embouteillages toutes sirènes hurlantes, précédé et escorté par une demi-douzaine de motards. Ce soir de fin novembre 2000, c'est à une petite Bretonne de Guingamp qu'est réservé ce protocole quasi présidentiel.

Elle n'est pas seule. Dans le cortège, sa voiture est suivie de celle de Jean-Pierre Thomas, autre provincial, monté des Vosges et devenu à vingt-huit ans trésorier du parti giscardien. La brigade financière a gardé le troisième homme, un socialiste nommé Peybernès. Et surtout le quatrième, l'ancien lieutenant de Chirac, Michel Roussin, qui sera le lendemain jeté en prison.

Les gyrophares trouent la nuit de leurs halos bleutés. Reporters et cameramen sont à leurs trousses depuis l'immeuble de la police, rue du Château-des-Rentiers. À leur arrivée au pôle financier du parquet, la rue du Helder est bloquée pour que seules les voitures de service puissent passer. Les canons des fusils pointent vers le ciel. Mais les journalistes sont déjà là. Les flashes crépitent. Il y a des cris. Des jurons. Une bousculade.

Louise-Yvonne Casetta est mitraillée. Tous les paparazzi savent qu'un cliché de celle que les journaux surnomment « la trésorière occulte du parti de Chirac » vaut de l'or. Presque autant que Caroline de Monaco. Depuis le début des affaires, le scandale Urba qui a éclaboussé le Parti socialiste, elle est la seule femme de cette tragi-comédie humaine à rebondissements. Une incongruité. La veille, sa garde à vue a fait la une des journaux télévisés. Mais personne ne connaît son visage. Aucun éditorialiste ne l'a jamais rencontrée. Et ce n'est pas faute d'avoir essayé.

Depuis son premier face-à-face avec le juge Halphen en 1995, elle est traquée nuit et jour. Son téléphone ne cesse de sonner. Le soir, elle trouve sous sa porte des enveloppes glissées par des journalistes qui la supplient de leur accorder quelques minutes d'entretien. Pour avoir plus de chances d'obtenir une réponse, *Le Canard enchaîné* lui envoie ses questionnaires par fax et lettres recommandées. Certains vrais-faux chasseurs de scoops soudoient son concierge pour filmer l'entrée de son immeuble dans les Halles. Tous les journaux sont prêts à payer très cher une interview exclusive de « la Cassette ».

On raconte que pendant la campagne présidentielle de 1995 les PDG montaient directement dans son bureau avec leur mallette débordante de billets.

Que tous les deux jours, des permanents se rendaient à la banque dans son véhicule personnel, une

205 Green blanche, pour y effectuer des versements en espèces ;

Qu'elle fixait les commissions des marchés publics en déjeunant dans les trois étoiles parisiens avec les patrons du BTP ;

Qu'elle téléphonait d'un ton péremptoire aux entreprises quand celles-ci mettaient trop longtemps à verser leur obole : « On n'a rien vu venir »... ;

Qu'elle surveillait la gestion du trésor déposé au siège de la banque Rivaud à Paris, le coffre-fort du RPR ;

Qu'elle disposait des références de tous les comptes bancaires du parti gaulliste en France et à l'étranger, en Suisse, au Liechtenstein et à Jersey.

Qu'elle faisait trembler toute la hiérarchie du RPR ;

Que Juppé, secrétaire général, en était presque venu aux mains avec elle.

C'est une Méry* numéro 2, affirme le journal *Libération*.

« Alors, des valises, vous en avez porté ? » lui a déclaré de but en blanc son premier avocat, appartenant à un grand cabinet français, commis d'office par le RPR. Elle a tourné les talons. Jean-François Mancel, patron du parti, l'a conduite chez un autre défenseur. À près de quatre-vingts ans, Jacques Vergès, champion des causes impossibles, ne lui a pas demandé un sou.

---

* Jean-Claude Méry a été écroué six mois en 1994-1995. Dans une cassette rendue publique après sa mort, il décrit le rôle-clé qu'il a joué dans le financement occulte du RPR.

Dans la voiture, la Casetta a échappé aux menottes, mais les gendarmes ne la quittent pas des yeux comme si elle était une dangereuse terroriste.

La veille, elle a pourtant été relaxée au bénéfice du doute dans une première affaire de corruption. Le procès Mazzotti, du nom d'une petite entreprise de BTP des Hauts-de-Seine dont le patron l'a dénoncée au juge. Jean-Claude Pittau a affirmé avoir déjeuné près de la place Vendôme, au restaurant Le Carré des Feuillants, avec la dame en or du RPR. Le lendemain, le directeur commercial, Gérard Quantin, lui aurait remis trois cent quarante mille francs en liquide pour obtenir de la Ville de Paris des marchés de construction de crèches, de garderies ou d'HLM... Mais, curieusement, ce dernier était absent au procès. Et à la dernière minute, Jacques Vergès a sorti de sa manche la copie de la facturette signée par Pittau au restaurant. Il s'agit non d'un déjeuner mais d'un dîner et il a invité cinq personnes à sa table. De quoi troubler les juges. D'autant que la « banquière » de la rue de Lille nie avoir jamais rencontré Pittau ou Quantin.

Pour fêter sa relaxe, son avocat l'a emmenée souper dans une brasserie de la place Clichy avec son mari et sa fille. Ils sont rentrés tard, bien après minuit. À peine a-t-elle le temps de s'endormir que les policiers la réveillent à 6 heures sonnantes. Ils ont un mandat de perquisition. Ils sont devant la porte d'entrée de l'immeuble. Ils n'ont pas le code d'accès. Ils exigent que Louise-Yvonne leur ouvre immédiatement.

Dans l'aube de cette journée d'hiver, la « surintendante » du RPR cherche ses vêtements. Un cauchemar ? Non. Le téléphone sonne à nouveau. En bas, la police s'impatiente. La voix est agressive : « Vous n'avez pas à mettre autant de temps. »

Depuis la première perquisition de son bureau et de son domicile cinq ans plus tôt, Louise-Yvonne a subi des dizaines d'heures d'interrogatoires.

Jusqu'ici, elle n'a jamais livré un seul des ténébreux secrets du parti qui a fondé la Ve République. Le parti du chef de l'État.

Mais les magistrats ne désespèrent pas de forcer ce verrou pour parvenir au sommet de la hiérarchie RPR.

Après les juges Halphen et Desmure, le trio Van Ruymbeke, Armand Riberolles et Marc Brisset-Foucault prend la relève.

C'est l'affaire des lycées d'Ile-de-France qui commence. Le procès aura lieu au printemps 2005.

Cette nouvelle fouille dure trois heures. Les policiers inspectent même la cave. Pour les y mener, son mari doit descendre par l'escalier principal. À chaque étage, les portes s'ouvrent sur des visages intrigués.

À 9 heures, sous bonne garde, elle quitte la rue Saint-Denis. La presse est déjà là, alléchée à l'idée d'apercevoir enfin la gardienne du trésor jetée dans l'arène par des juges implacables. Direction Havas-Voyages, à Levallois-Perret, où, depuis 1997, elle a été recasée comme directrice des achats à la tête des services généraux. Son rôle : organiser les commandes de bureaux, d'ordinateurs, de voitures en trouvant les meilleurs fournisseurs au meilleur prix. Négocier, vérifier devis et factures, un domaine dans lequel elle s'est forgé au RPR une réputation de « mère la Rigueur ».

Par la fenêtre du petit immeuble, on aperçoit l'orgueilleux gratte-ciel de verre et d'acier de la Cogedim dont le PDG, Michel Mauer, a connu la prison. Le quartier a l'habitude des déploiements policiers à l'heure du laitier. Pas elle. Elle a un coup au cœur lorsque les enquêteurs se saisissent de son agenda et de son répertoire et se mettent à les éplucher : « Je me suis sentie humiliée. » D'autant qu'il aurait suffi qu'elle les confie à une secrétaire pour qu'ils se trouvent en sécurité. Mais cette femme brune, aux allures terriennes et au bon sens paysan, ne connaît pas encore tous les pièges d'une instruction judiciaire. Les hommes feuillettent sans trouver le moindre indice. Ils s'énervent. Elle n'a rien à répondre. Beaucoup de politiques ont décrit le vide qui envahit le cerveau dans de tels moments. « Je n'entendais plus les questions », dit Renaud Donnedieu de Vabres en évoquant sa mise en examen. Depuis son entrée chez Havas-Voyages, Louise-Yvonne a un blocage. Elle qui adore l'écriture et même la calligraphie n'arrive plus à rédiger les notes que lui réclame son patron.

À 2 heures de l'après-midi, en route pour la rue du Château-des-Rentiers, siège de la brigade financière, au cérémonial indigne, brutal et d'un autre âge : « La garde à vue, c'est la gégène des temps modernes » s'exclame Jean-Pierre Thomas. Les hommes politiques qui y passent sont épouvantés par cette monstruosité.

Montre, broche, collier, foulard, lacets de chaussures, on vous dépouille des objets avec lesquels vous pourriez vous suicider. « Veuillez vous déshabiller » ajoute-t-on aux hommes. « Parfois, on les fait mettre à poil pour être sûr qu'ils ne cachent rien dans le trou du cul » dit un avocat dont les clients, impliqués dans les affaires politico-financières, ont dû se soumettre à cette fouille anale. Des femmes, on exige qu'elles retirent leur soutien-gorge pour la nuit. Une épreuve qui a eu raison de la résistance morale d'Anne-Marie Lavarini, ancienne collaboratrice de Lionel Jospin au ministère de l'Éducation nationale, accusée d'avoir perçu un salaire fictif d'une filiale de la MNEF. Lors de l'affaire du fameux rapport pour le conseil général de l'Essonne, Xavière Tiberi s'est plainte d'avoir été tutoyée par les flics comme une prostituée.

Louise-Yvonne est désormais cuirassée contre ces odieuses privautés qui n'ont qu'un but : vous affaiblir pour vous arracher un détail, une date susceptibles d'étoffer un dossier souvent ouvert par hasard grâce à une lettre anonyme ou une coupure de presse.

Pour l'heure, les officiers de police, à pied d'œuvre depuis le petit matin, sont allés au restaurant. Ils ont pris dans le porte-monnaie de la dame de quoi lui acheter un sandwich. Jean-Pierre Thomas a eu droit à une pizza. Avant de le cuisiner, il est de règle de faire mijoter le « poisson » pour qu'il « crache le morceau », qu'il soit chef d'entreprise, trésorier de parti ou lampiste.

Chaque suspect peut donner deux coups de téléphone : un à sa famille et un à son avocat. À l'époque, celui-ci ne pouvait venir assister son client qu'à la vingtième heure de la garde à vue calculée avec une précision perverse pour qu'elle tombe à 2 heures du matin. Aujourd'hui, il est là dès la première heure.

Le décor, lui, n'a pas changé. Sinistre et exigu. Une cage de deux mètres carrés qui pue l'urine. « À Créteil, les murs dégueulasses disparaissent sous les fresques et les injures écrites avec de la merde, dit Didier Schuller. Car, dans les chiottes, il n'y a pas de papier. » Pourquoi ? « Pour vous avilir encore un peu plus. » On y reste jusqu'à quarante-huit heures sans se laver ni se changer. Encore heureux si on a eu la présence d'esprit d'emporter un vêtement chaud. Car il n'y a pas de couverture. En attendant que ça se passe, on s'allonge sur la planche en bois trop courte. En général, on vient vous chercher quand vous commencez à vous endormir. Les interrogatoires s'éternisent parfois après minuit pour reprendre dès 8 heures du matin.

Quatre policiers se relaient en tandem. Le méchant joue les blasés : « Allons, ne nous racontez pas n'importe quoi ! Il est vrai qu'on peut s'attendre à tout d'une personne qui fait profession de se salir les mains comme trésorière d'un parti politique. » Le mielleux se veut rassurant : « Ne vous inquiétez pas, on sait que vous n'êtes pas responsable. Dites-nous seulement quelles étaient précisément vos fonctions. Qui vous a nommée à votre poste ? Sous les ordres de qui vous travailliez ? »

C'est là que se créent des brèches, des failles dans les défenses. Que s'échappe un nom.

Un nom ! C'est pour la police la promesse d'un

autre interrogatoire. Et la perspective de « se payer » un secrétaire général, un ministre et, qui sait ? le président de la République. Tant qu'elle ne l'a pas, ce nom, elle s'acharne sur sa proie : « Je viens d'avoir le juge au téléphone, si vous voulez sortir avant 5 heures, il faut aller un peu plus loin » dit l'un. Aux chefs d'entreprise, l'autre ajoute : « Si vous ne parlez pas, on va être obligé d'interroger votre femme. Il faudra mettre vos enfants à la DASS. » Gérard Peybernès, lui, a eu droit au courant à haute tension : « Les quatre flics ensemble dont une femme, la plus terrible. Comme je me rends au Congo pour mes affaires, elle m'accusait de trafic d'armes et ajoutait : "Tu n'es pas près de passer Noël en famille." Tous les quatre me traitaient de voleur, d'escroc, de malfaiteur. Je me suis fâché. J'ai crié : "Vous dépassez les limites, vous n'avez pas le droit, d'abord je suis présumé innocent". » Mais plutôt que les règles de procédure, les manuels de police enseignent aux recrues à arracher des aveux par tous les moyens.

Les avocats dopent leurs clients en affirmant : « Dans quarante-huit heures, vous serez dehors, donc, ne dites rien. »

Rares sont ceux qui tiennent.

Louise-Yvonne a une botte secrète. Elle peut dormir même sur un banc. C'est une femme obstinément muette que les flics, au bout de trente-six heures de garde à vue, emmènent chez le juge Riberolles.

Le pôle financier du parquet avec son cadre austère et hygiénique a été vanté à maintes reprises dans les journaux télévisés. On a oublié d'interviewer en direct les malheureux transfuges du Château-des-Rentiers obligés de parcourir, sales, pas lavés ni coiffés, le couloir interminable de l'atrium, le hall de verre jusqu'aux cellules en sous-sol où ils attendent une nouvelle fois d'être passés à la question.

Avec ses grosses lunettes d'écaille et sa mèche de séducteur, Armand Riberolles, plutôt bel homme, aurait fait un excellent acteur de théâtre. Dans son bureau de magistrat, il joue le registre du Grand Inquisiteur. « Onctueux et grandiloquent comme un jésuite, il se croit investi d'une mission divine », dit un responsable socialiste qui est passé sous sa griffe.

Ce juge d'instruction officie généralement flanqué d'un partenaire, spécialiste lui aussi des marchés publics, le juge Marc Brisset-Foucault, râblé, renfrogné, les bras courts et la tête ronde d'un Bernard Blier qui ne ferait pas rire. Leur duo, terrible, est parfaitement réglé. Riberolles marche à grandes enjambées dans le bureau en invoquant les préceptes de la morale. Son alter ego, assis et silencieux, fixe le visage de la victime pour en noter les moindres tressaillements, indices d'un sentiment encore secret de culpabilité. Puis il pose d'insidieuses questions personnelles : « Avec Untel, avez-vous eu une liaison ? »

Comme la plupart des juges français, la menace de la prison constitue leur force de frappe ordinaire. Les politiques savent que ce ne sont pas paroles en l'air. « Pas une seconde on n'oublie que le juge a le pouvoir de vous incarcérer » dit Jean-Pierre Thomas. En 1994, Alain Carignon, ministre du gouvernement Balladur, a été emmené de Paris à Lyon, menottes aux mains, et jeté le soir même dans une cellule de la prison Saint-Joseph. Ce haut fait du juge Philippe Courroye, Torquemada de la magistrature, a secoué le monde politique comme un séisme.

Eva Joly, le « bourreau » de Roland Dumas, a appris aux élèves de l'École nationale de la magistrature l'art « d'attendrir la viande ». Vous la convoquez le plus souvent possible. Vous l'interrogez pendant une demi-heure mais au moins elle passe la journée à attendre. Quand elle arrive dans votre bureau, vous la menacez du trou. Elle est à point.

Il est 22 heures lorsque Louise-Yvonne se trouve en face du juge Riberolles. Sur la table, elle aperçoit aussitôt le mandat de dépôt bien en évidence : « Le procureur a requis votre mise en détention. »

En échange de la liberté, qui donc hésiterait à donner un nom ? Généralement, dans le secret du bureau, le chantage est efficace. Des hommes présumés coriaces ont flanché. Ils se sont effondrés en pleurs.

La Bretonne l'a toujours dit. On ne la conduira pas les poings liés dans une cellule. Mais elle n'est protégée par rien ni par personne. Dans la hiérarchie du RPR, elle est le maillon faible. Pour un juge, voilà la lampiste idéale.

Dans les couloirs du parti gaulliste où énarques et ambitieux se réservent les meilleures places, on est toujours condescendant à l'égard du sexe faible. « Elle va craquer. Et si la Casetta parle, on est cuits » s'inquiètent les petits chefs.

C'est bien la preuve qu'ils la connaissent mal.

2

La treizième

Elle est la treizième et la benjamine d'une famille de quinze enfants. L'aîné, un fils prénommé Louis, a succombé à vingt ans à la tuberculose. Une petite fille, Yvonne, est morte à dix ans, de maladie. À la dernière, on donne le double prénom. De Louis et de l'ange monté au ciel. Un héritage lourd à porter.

Les Tanvez sont des notabilités de Guingamp. Au XIXe siècle, Émile Tanvez a créé la première entreprise industrielle de cette Bretagne profonde et enclavée. L'usine fabriquait des machines agricoles, des moteurs de huit chevaux et un pressoir à cidre à double vitesse qui permettait de vider un wagon de pommes par jour. Son inventeur était alors considéré comme le bienfaiteur des cultivateurs et des brasseurs de la région. En 1950, l'usine Tanvez compte encore quatre cents ouvriers.

À l'époque, Louise-Yvonne a huit ans. Son père, Yves, loue une ferme de vingt-trois hectares aux portes de la ville, sur une colline, de l'autre côté de la rivière du Trieux, au lieu-dit le Roudourou. Il possède aussi une entreprise de transports des produits de la terre : paille, foin, engrais, semences de pommes de terre qu'on commence à sélectionner. Il est en outre vice-président de la caisse d'allocations familiales et siège au conseil municipal de Guingamp en charge de la voirie.

La famille vit dans un manoir XVIIIe siècle en pierres grises orné de colonnes palladiennes de part et d'autre de l'entrée. Le salon a son balcon de fer forgé. L'immense toit, en ardoises, est coiffé du faîtage traditionnel en tuiles rouges. Le domaine est ceint d'un mur de pierre avec une entrée monumentale, un portique surmonté d'une tête de lion. À trente kilomètres, au-delà des chênes, des sapins et des hêtres centenaires, les vagues furieuses brossent la côte de granit aux rochers roses.

À 6 heures, Yves Tanvez est debout. Son épouse lui a préparé ses vêtements et jusqu'à son mouchoir. Entre eux, les parents parlent breton. Et quand elle pose pour une photo, la mère porte la petite coiffe en dentelle blanche guingampaise. Elle est née avec le siècle et personne ne l'a jamais vue malade, encore moins se plaindre. Cette brune robuste, aux pommettes hautes, aux lèvres minces, incarne les valeurs de cette terre d'Armor catholique : le devoir, le travail, les enfants. Dès qu'ils partent pour l'école, elle s'en va sarcler son potager. Elle vit avec le vent qui arrive de la mer, aime plonger ses mains dans la terre, voir pousser les artichauts et les fraises. Louise-Yvonne a hérité de sa passion pour les fleurs. Ses préférées sont sans prétention : la violette, la pensée, le muguet dont sa mère place toujours quelques brins dans sa chambre.

À 10 h 30, Mme Tanvez se met en cuisine. Cochons, poules, œufs, tout vient de la ferme. Même le beurre, que la petite dernière, comme les autres, apprend à baratter. Midi et soir, il n'y a pas moins d'une quinzaine de bouches à nourrir. Comme s'il ne suffisait pas d'avoir mis au monde leur tribu, les parents ont adopté trois petits de l'Assistance publique qui n'ont pas eu la chance d'avoir une famille.

Le repas s'ouvre par le bénédicité. À table, les enfants n'ont la parole que si le père leur pose une question. Le vendredi, on fait maigre avec des boîtes de sardines : quoique bretonne bretonnante, Mme Tanvez ne supporte pas l'odeur du poisson. Son seul écart de conduite.

Trois filles sont religieuses. Deux ont pris le voile chez les augustines hospitalières, un ordre monastique rigoureux dont l'impressionnant couvent XVIIIe est l'orgueil de la ville. Il domine les venelles de pierres grises à peine égayées par les touffes roses de lilas sauvage. Une des sœurs a beau porter la cornette, elle gouverne les comptes de sa congrégation. Elle a la réputation d'être une trésorière pointilleuse et intraitable. Elle aussi...

Les enfants Tanvez sont élevés sans un sou en poche. Pourtant, pendant les vacances, leur père les met au travail. Comme les autres, Louise-Yvonne décharge les wagons de fourrage, dresse les bottes de paille, pousse les chariots. Mais à la fin des belles journées d'été, quelle récompense ! Dans l'odeur des foins coupés, les tablées s'organisent autour des bolées de cidre et des crêpes de sarrasin alors que sonnent les cloches de la cathédrale.

La petite ville catholique, rurale et laborieuse s'anime les jours de concours de pouliches, des compétitions de pêche, des foires aux porcelets. Il y a l'élection et le bal de la reine de Guingamp, le jeudi de l'Ascension. Et deux fois l'an, les fêtes patronales. Le grand pardon du premier dimanche de juillet et la procession des écoles derrière la Vierge noire de la cathédrale. La fête de Saint-Loup vient à l'automne avec ses chorales et ses danses folkloriques sous l'œil bienveillant de l'évêque et du sous-préfet, événement qui occupe une pleine page de la presse locale.

Le dimanche 16 septembre 1951, les Yves Tanvez ont eux aussi les honneurs d'*Ouest-France*. La société Nestlé qui a lancé l'œuvre de la Goutte de lait leur décerne le prix de la famille méritante. Dans la salle des fêtes de l'hôtel de ville, le sous-préfet et le maire, Henry Kerfant, président à la remise du chèque de cinquante mille francs. Le père signe le livre d'or de la ville. Pour la photo, Louise-Yvonne pose en socquettes blanches au premier rang, auréolée du sourire de ses frères et sœurs pour lesquels leur mère a déjà reçu la médaille de la famille française. Une enfance à vouloir rester enfant...

Ce jour de fierté a, hélas, ses lendemains qui déchantent. Cette année-là, pour la rentrée, les écoles et les lycées de Guingamp doivent accueillir trois mille élèves. Comme toute la France d'après-guerre, mais surtout en Bretagne, la ville est en proie au baby-boom. La municipalité a acheté quatre terrains pour construire ses premières HLM. C'est loin d'être suffisant. À chaque séance du conseil municipal, les élus votent des crédits pour réparer et agrandir les vieilles écoles. Mais il faut trouver d'autres champs pour en bâtir de nouvelles ainsi que des logements sociaux, des équipements sportifs. Et un grand abattoir régional.

Avec ses vingt-trois hectares, la ferme du Roudourou est de taille à accueillir une véritable ville nouvelle. À la séance du 14 mars 1952, Yves Tanvez objecte que son bail court encore pour trois ans. Mais la propriétaire, la veuve Julienne, dont le mari a fait fortune comme grossiste en tissus et bonneterie, accepte de vendre sa propriété à la ville pour neuf millions de francs, un vrai pactole.

Depuis un an, Yves Tanvez, président de l'Association des familles, est membre du comité des HLM dont il finance le développement par le biais des caisses d'allocations familiales. Il veille aussi aux destinées d'une association, Les Castors, qui construisent bénévolement derrière la gare trente-deux maisons destinées aux familles expulsées. Pour sensibiliser la population au drame des parents et des enfants obligés de quitter leur ferme, il multiplie les réunions publiques.

Avec son père, la petite fille fait son apprentissage politique. On est encore loin de la télévision. Les postes de radio sont de grands meubles en bois. Comme la France entière, Yves Tanvez ne raterait pour rien au monde *Le Grenier à sel*, l'émission dans laquelle Raymond Souplex, Robert Rocca et René

Dorin raillent les politicards qui piquent « les sous dans les caisses et dans nos poches ».

Henry Kerfant attend les élections municipales d'avril 1953 pour porter l'estocade.

Le MRP Tanvez est élu dès le premier tour. Le maire radical doit attendre le second pour se voir confirmer dans ses fonctions. Les mauvaises langues ajoutent que tous deux sont transporteurs et que le drame éclate lorsque le premier décroche un gros contrat convoité également par l'entreprise Kerfant. La famille Tanvez est expulsée de la ferme du Roudourou.

L'adolescente grandit désormais en pension chez les augustines. Physiquement, c'est le portrait de sa mère. Elle a aussi sa force de caractère, son âme tellurique. Un vrai petit menhir. La discipline de la pension l'insupporte. À seize ans, l'adolescente ne veut plus être à la charge de ses parents. Elle arrête ses études avec juste le brevet en poche.

Une de ses tantes parisienne est malade. À sa sortie de l'hôpital elle téléphone à sa sœur Tanvez : « N'aurais-tu pas une de tes filles qui viendrait s'occuper de moi ? »

Louise-Yvonne monte à Paris. C'est son premier voyage. Elle en profite pour se fiancer.

Avant son départ, son frère lui a donné l'adresse d'un ami de régiment rencontré en Algérie. Qu'elle passe lui dire bonjour de sa part. Sylvain Casetta est originaire du Frioul, une terre italienne aussi dure que la Bretagne. Au nord de Venise, la région n'est épargnée ni par les inondations ni par les tremblements de terre. Ses parents ont fui le fascisme et la misère. Le jeune homme a commencé à travailler à quatorze ans en cuisine dans un restaurant. Comme tant de leurs compatriotes, ses frères sont maçons. Un métier qui plaît aussi à Louise-Yvonne dont un des frères est carreleur.

Le coup de foudre, la Bretonne l'a autant pour Paris que pour Sylvain. Se marier, c'est l'assurance de tenter l'aventure dans la capitale, de quitter Guingamp, son marché de la place du Centre où l'on ne croise que des voisins, ses longues maisons aux pierres grises et aux fenêtres obstinément closes derrière lesquelles chaque jeune fille est épiée.

Mais elle n'a pas dix-huit ans et son père ne veut rien entendre. Il n'accepte pas que sa benjamine déserte si jeune le nid familial. Obstinée, elle lui résiste. Et quand sa petite dernière a une idée en tête, même le diable ne pourrait l'en détourner !

Une amie embauchée à Vannes chez Guyomarc'h, une entreprise d'aliments du bétail, lui signale un poste vacant. La standardiste est enceinte. Vannes n'est qu'à cent kilomètres de Guingamp, sur la côte sud, mais, dans cette Bretagne de chemins creux, il faut prendre le train et passer par Rennes et Redon. C'est le bout du monde.

Yves Tanvez refuse de conduire sa fille à la gare. Et c'est à pied, dans la neige, qu'elle traverse Guingamp pour ne pas rater l'heure du départ.

Ce poste, elle le veut. Elle l'obtient. Elle a du tempérament. Elle est gaie. Elle se fait des amies à qui elle raconte sa rencontre avec Sylvain, ses projets de mariage.

Hélas ! La tuile ! L'accouchée revient plus vite que

prévu. Heureusement, la secrétaire du patron l'a prise en amitié. Elle lui parle d'un poste dans le nouveau bureau parisien de l'entreprise Guyomarc'h. Une aubaine qui lui permettrait de retrouver son Roméo.

La voilà mariée. Le jeune couple sous-loue, rue Pierre-Lescot, deux chambres de bonne mal insonorisées. Dans la mansarde voisine, vit un fort des halles qui monte l'escalier ivre mort en fin d'après-midi et s'éclaire d'une bougie plantée dans une boîte de conserve.

Sylvain est de service au restaurant. Meilleur à l'accueil qu'aux fourneaux, il est passé en salle. Louise-Yvonne, seule et terrorisée, entend le colosse jurer en tournant dans sa cage comme un fou. Elle craint qu'il ne soit pris d'une crise de démence et défonce sa porte. Dans ce décor digne de Zola, elle se rend en tremblant aux toilettes sur le palier. Au fond du corridor, dans une autre chambre, le concierge de l'immeuble à moitié saoul tape à grands cris sur sa femme.

Le dimanche, c'est jour de coup de feu à la brasserie et la jeune mariée reste seule. Dès qu'elle entend un pas dans l'escalier, elle se prend à espérer : « peut-être une visite ? » Mais qui viendrait la voir ? Elle ne connaît personne à Paris. Elle revoit les grandes tablées de son enfance. Les fêtes de famille et de voisins après la moisson. Les comices agricoles noyés dans les barriques de cidre. Les danses sous les coiffes au son des binious. Les cris des cochons qu'on égorgeait dans la cour. Les bouquets de roses blanches que les femmes assemblaient pour les grands pardons. Les bancs de pierre à l'ombre des chênes centenaires où il faisait si bon s'asseoir pour parler.

Mais au Roudourou, on a muré les hautes fenêtres et les portes voûtées du beau manoir que personne n'a le cœur de démolir. En face, on creusera bientôt les fondations d'un superbe stade, folie d'un maire qui veut faire de Guingamp une championne du football français. De sa chambre, Louise-Yvonne aurait pu admirer les dribbles des plus célèbres joueurs de première division. Ceux dont les salaires mirobolants grèvent les budgets municipaux. Et contraignent les élus à trouver à tout prix des valises pleines de millions.

Au besoin en rackettant les entreprises.

3

La petite vendeuse d'herbes de Provence

Au départ, ils sont deux dans le bureau. De standardiste, Louise-Yvonne est devenue secrétaire. Elle a pris quelques cours chez Pigier. Mais n'a aucune notion de la Bourse de Chicago même si, au Roudourou, elle a grandi dans les fourrages et l'aliment du bétail. En l'occurrence, il s'agit de tourteaux de soja ou de colza qui peuvent se revendre jusqu'à six fois dans la journée. Yves Guyomarc'h s'occupe de courtage en grain. Durant ces longues journées de tête à tête avec son nouveau patron, la Bretonne apprend les ficelles du métier. Un bon acheteur ne parle pas. Il se renseigne. Lance deux ou trois mots et écoute son interlocuteur lui décrire la marchandise, où on la trouve, ce que propose la concurrence. Après seulement, il fait son offre.

Celui qui fait tourner la boutique, c'est l'autre frère, l'aîné, Jean. Il est en train de transformer le moulin à blé familial de la banlieue de Vannes en entreprise florissante. À le voir, pourtant, il ne paie pas de mine. Un petit bonhomme, sans grand bagage intellectuel, mais qui devient une terreur au téléphone avec collaborateurs, fournisseurs et acheteurs. Rien ni personne ne lui résiste.

D'autant qu'il a une idée à la minute.

Dans les années 1960, il a lancé les premières fabrications de farines animales. Les mauvaises langues disent qu'il a commencé par balayer les cosses de blé du moulin pour en remplir ses sacs. Peu importe, ça marche si bien qu'il poursuit avec la première chaîne intégrée de poulaillers industriels. Il engraisse puis abat lui-même les volailles. Poulets et dindes. Coup de génie, il invente alors la découpe en escalopes. Le père Dodu, c'est lui. Royal Canin, c'est toujours lui. Des marges énormes. Comme avec les caissettes blanches en polystyrène expansé, destinées à transporter les produits frais et dont il est aussi l'inventeur.

Guoymarc'h en Bretagne, c'est un état d'esprit qui fait école. Jean rachète des grappes d'entreprises, construit des laboratoires sur des hectares de landes. Mais il roule dans une vieille Peugeot, n'a jamais un sou en poche et laisse toujours les autres payer au wagon-restaurant. Parfois il lui arrive même de ne pas prendre de billet de train au guichet.

Ce qui ne l'empêche pas de voyager désormais dans le monde entier. Notamment en Afrique où il décroche le premier un contrat de poulaillers industriels à Abidjan. Un jour, il téléphone à Louise-Yvonne. Il lui faut un cadeau pour Mobutu, un couple de faisans dorés. Il les veut dans deux jours à Orly. L'avion pour le Zaïre décolle à 17 heures. Trouver l'impossible, voilà ce qu'elle aime. Elle n'a pas besoin des pages jaunes de l'annuaire pour relever le défi. Les faisans sont bourguignons. Elle n'oublie d'acheter ni la cage spéciale pour les faire voyager en avion ni les graines pour les nourrir durant le trajet.

Quand elle arrive gare de Lyon pour récupérer les bestioles. Catastrophe ! Elles ont disparu. Non, elles étaient rangées ailleurs. Elle fonce au volant de sa Dauphine noire direction l'aéroport.

Cela fait douze ans qu'elle travaille pour Guyomarc'h. À Paris, les bureaux s'agrandissent, mais elle a fait le tour de l'aliment du bétail. Yvon mettra deux ans à se remettre du départ de sa collaboratrice. Elle le fera citer comme témoin dans le premier procès Mazzotti. Ce Breton fidèle et courtois reviendra lui serrer la main lors du jugement en appel à la cour de Versailles.

Nouveau théâtre de sa vie parisienne : un vaste appartement de l'avenue Montaigne où Mme Bayon s'occupe de courtage en oléagineux. Très grande, des seins énormes, c'est la Bégum en blond. Six filles travaillent à ses côtés dans le grand salon. Chaque midi, Mme Bayon déjeune avec un « futur » client dans un grand restaurant. Et l'essentiel du travail de la matinée consiste à élire la table étoilée la plus adaptée pour séduire l'homme du jour, acheteur chez Lesueur, Enkel ou Procter & Gamble. Mais que le choix se porte sur Lasserre, Ledoyen ou la Grande Cascade, Mme Bayon obtient toujours la meilleure place. Elle sait aussi que les résistances s'effacent devant une langouste arrosée d'un champagne millésimé. Et comme aucun détail n'est à négliger, elle décide aussi de la tenue de « ses » filles qu'elle emmène à tour de rôle négocier au mieux le contrat.

À la patronne les généralités sur le climat africain ou la beauté des Vietnamiennes. Aux petites les chiffres.

À ce jeu de rôle, Louise-Yvonne se révèle excellente. Elle amène aussi des clients. Chez Guyomarc'h, elle s'est fait un carnet d'adresses, notamment dans les grands laboratoires. C'est d'ailleurs elle que Mme Bayon choisit pour l'accompagner au congrès annuel des oléagineux à Vienne.

Mais là encore, la routine a raison de tout, même des bons restaurants. Après dix-huit mois, la Bretonne a besoin de changer d'air. Elle quitte l'atmosphère étouffante de l'avenue Montaigne pour retrouver la sphère Guyomarc'h qui investit dans le troc entre l'Espagne et l'Amérique du Sud. L'affaire capotera. La voilà aux Herbiers de Provence. Responsable du packaging et non, comme le prétendent les journaux, petite vendeuse de fleurs sur les marchés du Vaucluse. Si la société, née dans la mouvance du courant baba-cool-soixante-huitard, garde son siège à Saint-Rémy-de-Provence, les bureaux sont installés à Paris.

Les boutiques vendent des savons parfumés, des infusions de plantes, des huiles essentielles. Après une rencontre avec l'inventeur du dentifrice Fluocaril, elle a l'idée de lancer une nouvelle gamme de produits. Ils planchent ensemble sur un concept inédit. Manque de chance, les Herbiers de Provence sont rachetés par Bernard Tapie qui vient de s'offrir La Vie claire. Le nouveau patron entend propulser sa propre marque et ne veut pas d'un projet concurrent. Elle tient bon. Notamment par égard pour son compère ingénieur : « Il a consacré des semaines à ce projet, vous ne pouvez pas tout rayer d'un trait de plume » répète-t-elle à sa hiérarchie.

Chaque jour, elle réclame une réunion. Le jour où elle obtient gain de cause, elle s'assied en bout de table. Mais Tapie lui demande de s'approcher. Elle s'installe en face de lui. Et oppose point par point ses arguments à chacune de ses remarques. Elle se montre convaincante, révèle son tempérament de gagneuse. La gamme voit le jour. Le soir où Tapie invite toute son équipe dans son hôtel particulier, Louise-Yvonne est de la fête.

Jour après jour son carnet d'adresses s'épaissit. Elle n'habite plus une chambre de bonne mais un studio, rue de Rocroi, que le jeune couple a acheté et que les frères de Sylvain ont retapé. On la débauche pour monter à Versailles un magasin de produits de luxe destinés à séduire les cars de touristes japonais qui s'abattent chaque jour comme des sauterelles sur le château du Roi-Soleil. Mais son nouveau patron est un caractériel qui renverse les tables à la moindre contrariété. Elle s'enfuit.

En répondant par hasard à une petite annonce parue dans *Le Monde*, elle pénètre dans l'univers des pianos. Et pas n'importe lesquels. Bösendorfer, la marque des virtuoses comme le soliste Michelangeli qui en possède trois. Louise-Yvonne remplace une vendeuse en congé de maternité. Elle découvre la musique et assiste à son premier concert : *L'Empereur* de Beethoven, interprété par Duchable.

Un jour, Dominique Sanda pousse la porte pour apprendre à tenir un rôle de pianiste. Un autre jour, Louise-Yvonne vend un piano à Véronique Sanson sans savoir qu'elle est la fille d'un ancien député gaulliste. Pour séduire ses clients, elle fait jouer aux femmes de ménage polonaises quelques notes de Chopin.

Son patron lui propose de rester.

Mais au RPR, Jacques Durand, trésorier adjoint et conseiller régional d'Ile-de-France, cherche une secrétaire. Elle l'a connu aux Herbiers de Provence dont il était le fournisseur en thés. Ils ont sympathisé. Louise-Yvonne lui donne le nom d'une amie qui ne fait pas l'affaire : « Pourquoi ne prenez-vous pas la place ? lui dit-il. Évidemment, vous valez mieux. Mais il y a des perspectives. »

Elle a besoin d'un salaire. Il y a huit mois, avec son mari, elle a emprunté un million sept cent mille francs, pour ouvrir, dans les Halles, un bar à vins, L'Écluse. Une idée originale de Georges Bardawill : du foie gras, des produits du terroir accompagnés de vins servis au verre. Elle a trouvé l'emplacement et si bien discuté le contrat que Sylvain n'a pas payé de droit d'entrée. Et pas davantage les royalties de 7 % qu'elle juge abusives pour une cuisine somme toute sommaire. Elle n'a pas son pareil pour négocier. Mais, en décembre, le bilan de L'Écluse reste désespérément dans le rouge. Un déficit de trois cent quatre-vingt mille francs.

Une calamité, d'autant que les nouveaux restaurateurs se sont laissé tenter par un appartement proche, rue Saint-Denis. Juste en dessous travaillent deux ex-collègues de Louise-Yvonne rencontrées chez Mme Bayon avenue Montaigne. Elles connaissent le vendeur. Là encore la Bretonne a enlevé l'affaire :

cent vingt mètres carrés pour un million de francs. Le studio de la rue de Rocroi est vendu quatre cent mille francs.

Mais maintenant, il faut rembourser. L'offre de Durand arrive à point. Elle l'accepte sans rien connaître du RPR. Elle n'est même pas militante quand elle franchit pour la première fois le portail de la rue de Lille.

4

Ambiance à tous les étages

Il n'y a aucune loi sur l'argent en politique. Et pas encore de scandales. En 1984, Fabius est à Matignon, Mitterrand à l'Élysée. Les partis restent un territoire de non-droit où les valises circulent au mépris des frontières et du fisc.

La Guingampaise plonge dans une atmosphère à la Pagnol. Le grand majordome du parti c'est Pasqua, que les gaullistes appellent le « petit Charles » par opposition au « Grand ». Ancien VRP chez Ricard, il répète aux journalistes : « Un homme politique, ça se vend comme une bouteille de pastis. » Ça s'achète aussi. Le Méridional bourre les salles de meeting en affrétant des cars de militants à qui il donne l'occasion de faire la fête entre un aller et retour pour un congrès à Toulouse ou à Strasbourg. Après deux ou trois gueuletons bien arrosés, ils n'ont d'autre mission que de crier « Vive le RPR ! » en levant les bras. Et de réélire Chirac, président du Rassemblement, avec 97,10 % des voix.

Pasqua, avec ses sbires, veille à la sécurité du champion. À son confort aussi. Il s'assure de la qualité des plateaux-repas dans les avions. Mais surtout, il choisit des suites confortables dans de très bons hôtels. Comme les aime Jacques.

Au siège du RPR, rue de Lille, le maire de Paris est une idole qui passe en coup de vent : « Je n'y mettais jamais les pieds » a-t-il dit le 14 juillet 2004. Son bureau est au quatrième, à côté de celui du secrétaire général, juste en dessous de celui du trésorier. Et il ne se rend jamais dans les étages où officient les petites mains.

À l'époque, le parti emploie une trentaine de personnes, du moins officiellement salariées, en majorité des secrétaires rivées à leurs machines à écrire d'où s'échappe un long fleuve de manifestes. Au troisième étage se trouve le bureau des fédérations et des élections. Au deuxième, le service de presse à côté de la *Lettre de la Nation*. Et au premier, les relations internationales. Une entreprise hors du temps. Les ascenseurs ne marchent pas. On monte par l'escalier. Pas plus qu'au couvent des Augustines, il n'y a d'ordinateur. C'est encore l'époque des lustrines. M. Héry, le comptable, remplit les fiches de paie à la main. Dans les bureaux, beaucoup d'assistantes parlementaires viennent à mi-temps. D'autres sont là depuis toujours. Comme l'intendante, Denise Matharan, fidèle amie du journaliste Pierre Charpy, une vraie militante, qui veille aux habitudes de chacun. Mme Jude, secrétaire, est une ancienne résistante.

Au cinquième règne Michel Caldaguès. Un vieux bellâtre, sénateur et maire d'arrondissement, très élégant, raffiné, richissime. Familièrement surnommé « cache ta caisse », il est à la tête de deux sociétés d'immobilier. Cette année-là il est remplacé au poste de trésorier par Robert Galley, compagnon de la Libération et gendre du maréchal Leclerc. Ce grand scientifique, fondateur des centres atomiques de Marcoule et de Pierrelatte, a été ministre de Pompidou et de Giscard sans interruption de 1968 à 1981. En 1984, il est encore député et maire de Troyes. Il arrive le lundi soir et ne passe que les mardis et mercredis au RPR entre deux séances à l'Assemblée nationale. Pourquoi a-t-il accepté d'être trésorier ? « Jacques Chirac me l'avait demandé comme un service, commente-t-il au procès Juppé sur les emplois fictifs. J'ai pris le métier de trésorier pour rendre service à Jacques Chirac qui était mon ami... Je m'excuse de la brutalité de la formule, mais Jacques Chirac m'a dit comme cela : "Tu vas nous trouver de l'argent ! tu vas t'en occuper et je ne te demande pas autre chose !" Mon métier exclusif était donc de trouver de l'argent, ce que personne d'autre ne faisait avant moi. »

De l'argent, pourtant il s'en dépense, et pas seulement lors des campagnes. Président et délégués sillonnent la France. Le secrétaire général du parti, Bernard Pons, fait régulièrement le tour des fédérations. Il y reste trois ou quatre jours, parcourt les marchés, écoute les doléances. Ce petit bonhomme cauteleux qui pérore à l'Assemblée rend beaucoup de services, ce qui lui vaut d'être très populaire auprès des élus gaullistes. Médecin à Figeac, converti à la politique par Pompidou, il possède une villa néoromaine à Grasse avec un jardin rempli d'orangers, une magnifique piscine, un yacht dans la baie de Cannes.

Le RPR envoie aussi des observateurs à l'étranger dans les congrès des partis de droite. De voyages lointains en Asie, certains rapportent des antiquités en souvenir et glissent les tickets de carte bleue en guise de factures. D'autres n'ont aucune honte à se faire rembourser deux déjeuners le même jour. D'autres enfin profitent des déplacements en Europe pour emmener une amie en week-end. Deux allers-retours en avion, pas de problème, l'agence de voyages est réglée en liquide. Fonds secrets ou dons des entreprises, personne ne connaît le montant exact de ce qui rentre. Des valises dont quelques liasses s'égarent parfois dans les tiroirs des bureaux. Comme le résume un dirigeant RPR de l'époque : « Quand on a les poches pleines de billets, on ne prend plus la peine d'aller au distributeur si l'on a besoin d'acheter un paquet de cigarettes. » Ni vu ni connu. Qui va demander des comptes ?

Dans son bureau du cinquième étage, Pierrette Franzoni, secrétaire du trésorier, distribue les avances sur notes de frais. « Mon chéri par-ci, ma chérie par-là, tiens voilà la tienne. » Bisous-bisous. Pendant la semaine, les initiés disposent aussi de chambres d'hôtel louées à l'année pour les militants qui viennent de province. Parfois ce petit monde se croise dans les couloirs à l'heure de la sieste. Comme aurait dit de Gaulle, on « couche » beaucoup...

Dix ans auparavant, Françoise Giroud, directrice de *L'Express*, a lancé à l'assaut des hommes politiques une escouade de journalistes femmes qui prennent leurs infos à gauche comme à droite. René Tomasini, dit Toto, qui a été longtemps patron du parti gaulliste et grand séducteur, avait déjà une liaison quasi officielle avec une journaliste de la télévision, Danielle Breem. Les attachées de presse et de communication du deuxième étage forment le gros du gibier. C'est plus facile encore avec les élèves de Sciences-Po qui rêvent d'un poste d'assistante parlementaire. Kissinger, bien avant Bill Clinton, a longuement parlé, en connaisseur, de la libido des candidats et de l'attrait sexuel du pouvoir.

Au cinquième, il y a aussi la salle à manger et la cuisine où officie « le Chinois », un chef choisi par Pasqua. Le président du conseil général des Hauts-de-Seine n'a pas son bureau rue de Lille mais il veut qu'on le tienne au courant des allers et venues. Et surtout des déjeuners de presse. Le patron du journal du parti, Pierre Charpy, colosse fatigué, s'installe, lui, chaque midi dans le bureau du vieux Gailhat, chargé de la diffusion de *La Lettre de la Nation*. L'ancien rugbyman et normalien Charpy parle littérature en vidant la bouteille de whisky que la maternelle Matharan achète chaque jour à son intention. Puis le Chinois les sert dans le bureau. Gailhat n'a plus qu'à se caler dans son fauteuil à bascule pour sa sieste quotidienne.

De toute façon, il n'y a rien à faire. Entre deux coups de téléphone, pour faire rentrer les « oboles » des entreprises, Durand s'adonne à son passe-temps favori : les mots croisés. Louise-Yvonne met au propre le grand livre des comptes. Gérer le budget d'un grand parti ne nécessite pas d'être inspecteur des finances. C'est une comptabilité d'épicier. Avec une colonne pour les dons, une autre pour les dépenses.

Il n'y a pas d'investissements. Pour passer le temps, elle remplit ses pages avec de belles lettres en délié en utilisant des stylos de différentes couleurs qui font joli. Elle a toujours aimé la calligraphie. Pour quelqu'un qui a travaillé dans une entreprise, c'est un monde irréel. Pour la Bretonne élevée dans le culte du travail, c'est une épreuve. Au-dessus de ses forces. Dure à la tâche, comme sa mère, elle est la première au bureau et termine la comptabilité de son mari quand s'installent les autres secrétaires. À midi, elle court à L'Écluse pour y faire la plonge. Le soir, elle y tient le bar. Cela économise un salaire. Il y a déjà trois employés à payer à la fin du mois. Quand elle demande à Durand s'il n'y a pas quand même autre chose à faire, le directeur financier lève la tête et s'exclame : « Oh la la ! On se caaaalme ! »

Pour faire bonne figure, face à l'étoile montante du Parti socialiste, le fringant Laurent Fabius, on tente quand même de rajeunir les cadres. En novembre 1984, aux assises du RPR à Grenoble, le docteur Pons, cinquante-huit ans, est remplacé par Jacques Toubon, quarante-trois ans. Dans cette nouvelle galaxie d'ambitions, on trouve aussi un jeune énarque, tombeur de cœurs, que l'on affirme promis à un bel avenir, Jean-François Mancel.

Très grand, un peu acteur américain, il ressemble à Chirac. C'est ce qui a dû séduire Marcel Dassault qui considère le fondateur du RPR comme son fils spirituel et finance tous les candidats de son parti dans l'Oise. Encore étudiant, Mancel pénètre dans la petite cour du mécène gaulliste qui le fait élire, à vingt-trois ans, adjoint au maire de Beauvais. À trente ans, il est député de la circonscription voisine du nabab de la politique. Pour faire campagne, Dassault sillonne les communes betteravières de l'Oise dans une limousine anglaise blanche qui a fait fantasmer le petit Jean-François dont le père, Michel, est chef du personnel de l'imprimerie du journal de Dassault à Beauvais, *L'Oise libérée*.

Quand le célèbre avionneur est arrivé dans le département, l'argent s'est mis à couler à flots. *Le Canard enchaîné* disait que l'Oise était grosse de deux sources miraculeuses, Dassault et Hersant. L'oncle Marcel a toujours dans la poche de son manteau des gros billets qu'il distribue aux employés de la préfecture et des mairies.

Avec ce ruissellement financier, qui ne prendrait pas goût aux belles liasses toutes neuves ? En 1981, à l'arrivée de la gauche, Mancel a perdu son siège, mais a été récupéré par la rue de Lille comme secrétaire national chargé de l'animation. En 1985, il se fait élire président du conseil général de l'Oise. Plusieurs vieux bâtiments de Beauvais auraient pu abriter le nouvel hôtel du département. Comme tous les roitelets de province, Jean-François le Magnifique veut voir surgir de terre son propre palais. Le bâtiment est construit, dans le parc de la préfecture, sur des marais. Une aubaine. Personne ne peut vérifier l'utilité des tonnes de béton livrées par les entreprises de BTP. Les fondations de l'édifice dépasseront allègrement tous les devis. Le préfet de l'époque, ancien patron des Renseignements généraux, regrette encore de ne pas avoir comptabilisé les entrées et sorties des camions. Les juges savent aujourd'hui que « Fondations » et « Frais exceptionnels » sont, dans les comptes du bâtiment et des travaux publics (BTP), les deux lignes qui tracent des liens inavouables avec la politique.

En 1987, le brillant jeune loup accède à la présidence de l'Office public d'aménagement et de construction, l'OPAC de l'Oise. Comme à Paris ou dans les Hauts-de-Seine, c'est une adresse autour de laquelle rôdent les porteurs de valises. D'autant que pour Mancel rien n'est jamais trop beau, rien n'est jamais trop cher. Il multiplie les écrans de télévision dans son bureau d'apparat, emmène ses collègues en session d'études à Rome et ne voyage qu'en première. Plus tard, il sera condamné pour avoir confondu sa poche et celle du conseil général.

Pour faire rentrer l'argent, toujours plus d'argent, il a une idée lumineuse : créer l'Agence de développement de l'Oise, l'ADO. Celle-ci doit faciliter l'implantation des entreprises dans la région. Son directeur général est Éric Woerth, lui aussi un enfant de la région, né à Creil où son père était médecin. Comme Mancel, son curriculum vitae autorise les appétits. Sciences-Po, HEC. Une épouse, gérante de portefeuille. Après un passage chez Artur Andersen, puis chez Pechiney, Éric Woerth sera un des dirigeants du cabinet de chasseurs de têtes Bossard Consultants avant d'être nommé directeur administratif et financier du RPR puis trésorier de l'UMP, et aujourd'hui ministre en charge de l'impossible réforme de l'État. Avec Patrick Stefanini, il fait partie de la garde rapprochée de Juppé.

Aux législatives du 16 mars 1986, la coalition RPR-UDF a obtenu la majorité absolue à l'Assemblée nationale où le Front national fait son entrée. Quatre mois plus tôt dans un débat télévisé, le maire de Paris s'est lâché en traitant Fabius de roquet. Celui-ci s'est ridiculisé en répondant d'un ton pincé : « Vous parlez au Premier ministre de la France. » C'est Chirac qui prend sa place à Matignon. Pasqua s'installe à l'Intérieur, Balladur aux Finances, Juppé au Budget, Toubon à la Culture...

Rue de Lille, Louise-Yvonne, fatiguée de son tête-à-tête avec Durand, donne sa démission. Le fringant Mancel l'a persuadée de venir exercer ses talents à l'Agence de développement de l'Oise. Si elle ouvre à peine la bouche dans les réunions avec le préfet, au téléphone elle sait se montrer persuasive pour convaincre les entreprises de s'installer dans le département. Elle enrichit son carnet d'adresses.

En 1988, elle revient à Paris avec Mancel et Woerth pour la campagne présidentielle de Chirac. L'homme-orchestre, c'est toujours Pasqua. Durand n'a pas été choisi comme trésorier. On lui a préféré le secrétaire national aux élections, Dominique Perben. C'est ainsi qu'en politique se créent des inimitiés. Lors de ses conversations avec Louise-Yvonne, Durand répétait : « Si, un jour, on vous propose de participer à la campagne présidentielle, n'acceptez jamais, c'est tuant. » Ce qu'il a omis de dire c'est qu'on voit passer tellement de liasses de billets qu'il est difficile de résister et facile de s'enrichir.

La Casetta découvre aussi les dons des supporters. Dix-huit à vingt sacs postaux par jour que l'on déverse sur les tables. Des montagnes de lettres. Avec à l'intérieur des chèques de sympathisants qui veulent contribuer au salut de la France : « Pour vous, monsieur Chirac. » Sur un petit carton, un gamin a collé deux pièces, une de cinq francs, une de un franc. Une chômeuse a plié trois billets de cent francs : « Cela représente ma journée de chômage. »

Chaque jour, il faut envoyer des reçus, traiter les chèques, faire les additions, payer les factures. À commencer par les tonnes de papier pour l'impression des tracts et des affiches, le plus gros poste dans une campagne. Louise-Yvonne aime ces ambiances survoltées où, comme chez Guyomarc'h, on exige d'elle l'impossible et à la dernière minute. Elle obtient toujours au meilleur prix les chambres d'hôtel, les traiteurs pour les banquets d'après-meeting, les milliers de chaises dont le coût peut varier de cinquante centimes à trois fois plus. Pour imposer ses conditions, la Bretonne reste imbattable.

Chirac, lui, est battu. Mais il est toujours soucieux de savoir si ceux qui ont mouillé leur chemise pour lui sont recasés. Lors de la présentation des comptes de campagne, il lui pose la question. Elle répond : « Oui, je retourne dans l'Oise. » « C'est une erreur de la laisser repartir » disent ceux qui l'ont vue à l'œuvre.

Signe du destin, elle s'est cassé une jambe. Impossible pour elle de se rendre chaque jour à Beauvais. Elle retrouve le cinquième étage de la rue de Lille, le décor de sa future tragédie.

5

La récolte du blé

Le RPR est dans le creux de la vague. Chirac en pleine déprime, comme tous les candidats malheureux à la présidentielle. Juppé prendrait bien les commandes de la région Ile-de-France. On l'en dissuade. Il est le dauphin. Il doit remettre les troupes sur pied. Et surtout les finances à flot.

La présidentielle de 1988 a saigné la trésorerie de la rue de Lille. Première campagne à paillettes, elle marque un tournant dans la vie politique française. Mitterrand s'est déclaré candidat à sa réélection six semaines avant le scrutin. Mais pour les socialistes, c'est l'époque de l'argent facile. Il en tombe de partout ! Sans législation contraignante, les valises sont les bienvenues. Et les navettes avec les paradis fiscaux, monnaie courante.

En sept ans, le parti du président a usé de tous les moyens, y compris illégaux et immoraux, pour traire le veau d'or des années de la croissance. Son gourou électoral, Jacques Séguéla, champion français du marketing et de la publicité, a fait gagner Mitterrand en 1981 sous le signe d'un clocher de village. Il a renouvelé sa performance avec un slogan qui sent bon la fête : « Génération Mitterrand », deux mots diffusés dans un déluge de spots coûteux, d'affiches géantes, de T-shirts siglés sur des poitrines juvéniles. Et, clou du spectacle, l'arrivée du héros précédé de stars du show-biz.

Le camp adverse, entraîné dans cette affolante spirale, a vidé toutes ses réserves et raclé ses fonds secrets. Le parti de Chirac est sur la paille sans grain à moudre en perspective. Avec une poignée de voix d'avance, les socialistes ont empoché la mise des législatives, deux mois après la présidentielle.

C'est d'autant plus fâcheux pour le RPR que son trésorier ne peut plus, inconsidérément, empiler les liasses.

Un an plus tôt, en novembre 1987, sous la pression de l'affaire Luchaire, une vente d'armes à l'Iran dans laquelle les socialistes sont soupçonnés d'avoir touché des commissions, Mitterrand, dans une interview à RTL, a engagé le gouvernement Chirac à rendre irréprochable le financement des partis.

La loi a été votée en catastrophe le 25 février 1988 à deux mois de l'élection présidentielle. Son titre est une première : « Transparence financière de la vie politique. » Mais son contenu a fondu au cours des navettes parlementaires. Le Sénat reste hostile à l'idée de rendre public le patrimoine des élus. Et le RPR de faire payer le fonctionnement des partis par les Français. Seule nouveauté, les dons privés sont, comme aux États-Unis, déductibles des impôts.

Le secrétaire général Jacques Toubon a aussitôt envoyé de l'autre côté de l'Atlantique un observateur,

Alexandre Basdereff, pour noter les secrets de ces états-majors spécialisés qui savent mêler l'art du marketing à celui de la politique. Cet émissaire est, depuis 1984, directeur d'une petite société de communication appartenant à Robert Galley, le trésorier du parti. Baptisée Société de développement et de publicité, un nom qui ne veut rien dire, la SDP peut remplir toutes sortes de besognes.

De son voyage, Basdereff a rapporté l'idée du *fund raising*, ces grands dîners où l'on paie sa chaise mille dollars pour pouvoir apercevoir le candidat présidentiel. En France, ce n'est pas dans les usages de mêler les mondanités à la politique, mais grâce à Lang et à Séguéla, on entre dans le temps du *people* : « Les gens payaient très cher pour être en tenue de soirée avec Chirac » dira Galley en 2003 au procès des emplois fictifs. Des petits soupers qui rapportent gros. « J'ai assuré la majeure partie de la campagne de Jacques Chirac en 1988, soit cinquante-huit millions de francs sur quatre-vingt-dix millions. »

Le flamboyant gendre du maréchal Leclerc entend désormais faire de la SDP la moissonneuse financière du RPR. Avec sa famille, il en contrôle 100 % des actions. Et il en est le PDG. Son siège occupe un immeuble de quatre étages sur mille mètres carrés au coin de la rue de l'Université et de la rue de Beaune, dans le Carré des antiquaires. Avec dans les sous-sols des studios de *media-training*. Comme les petits ruisseaux font les grandes rivières, la SDP récupère les budgets alloués par l'Assemblée nationale pour la formation des députés. Il faut bien guérir Hervé Gaymard de son élocution de collégien et Dominique

Perben de sa raideur d'énarque, mais tous les inscrits ne suivent pas les séances. Pour beaucoup, il s'agit d'une formation fictive qui permet d'encaisser les fonds.

La salle voisine, consacrée au *phone-marketing*, vise directement la poche des fidèles. C'est le denier du culte. Régulièrement, on envoie des lettres de relance. Au cours de séances pompeusement baptisées *brief-client*, on cherche les bons arguments pour convaincre les malheureux soumis à l'ISF inventée par Mitterrand de contribuer à la campagne chiraquienne. On les assure que dès qu'il reviendra au pouvoir le RPR proposera une réduction massive des impôts et des droits de succession. Au troisième étage, les ordinateurs mettent sur disquette un fichier de deux cent cinquante mille donateurs occasionnels et un noyau dur de quatre-vingt mille sympathisants que l'on « tape » régulièrement.

La principale fonction de la Société de développement et de publicité est de solliciter et de récolter leurs oboles. « Mais, dira Galley au juge, nous refusions les dons des entreprises. »

Tout à son nouveau jouet, le maire de Troyes abandonnerait bien sa casquette de trésorier du RPR. Il en parle à Chirac, qui lui demande de patienter un peu, le temps qu'il lui trouve un successeur. Le trésorier adjoint, Jacques Durand, furieux d'avoir été écarté pendant la campagne, est parti siéger à la région sans avoir été remplacé. Au cinquième étage de la rue de Lille, Galley reçoit Louise-Yvonne dans le bureau où il ne vient plus qu'en coup de vent : « La campagne s'est bien passée, tout le monde souhaite que vous restiez. »

À tous les étages, le secrétaire général du parti, Alain Juppé, fait le ménage sans ménagement. Il a emmené sa garde rapprochée de la mairie de Paris avec en tête Yves Cabana, inspecteur des finances et fils de l'ancien ministre des Privatisations.

Le nouveau directeur administratif et financier est un compagnon d'armes de Michel Roussin, un colonel de cavalerie né à Hanoi et reconverti dans les affaires africaines. Jacques Rigault, pas plus que Louise-Yvonne, n'a sa carte du RPR : « J'étais là pour réorganiser la structure logistique et maîtriser les dépenses. » Au troisième étage, Sarkozy et Devedjian, déjà intimes, occupent le secrétariat aux élections, fonction capitale des hommes d'avenir.

Pour chasser l'ombre de la défaite, on restaure le vieil immeuble. On bétonne la cave, on repave la cour. On remet en marche l'ascenseur. On repeint chaque étage. Au quatrième, Juppé a un bureau vert. Ce qui provoque une colère violente du nouveau patron du RPR. C'est, paraît-il une couleur de mauvais augure.

Sous les ordres du colonel Rigault, Louise-Yvonne répertorie, organise, discute avec les entreprises de maçonnerie, de chauffage, de peinture. Elle négocie les doubles rideaux gris, les nouveaux bureaux, les téléphones, les fax qui viennent d'être créés. Pour chaque nouvelle dépense, elle exige des devis. Rigault a bien embauché un contrôleur de gestion. Mais Antoine Robin-Prévallée est un jeunot de vingt-six ans qui sort de l'école. Il est né à Morlaix et c'est elle qui apprend à son compatriote des Côtes-d'Armor comment serrer la vis aux fournisseurs : « On peut trouver mieux », voilà son credo. Elle pointe les factures, vérifie la TVA. Elle en a l'habitude. Elle s'occupe toujours de la comptabilité du restaurant de son mari qui maintenant affiche complet. Sylvain est un maître d'hôtel chevronné, mais, comme tous les autodidactes, il est fâché avec les chiffres.

Elle ne les aime pas non plus. Mais elle aime l'ordre et les comptes clairs. Comme sa sœur religieuse, elle est économe. Question d'éducation. Et de tempérament. Même pour les déjeuners avec la presse, elle met en place une comptabilité. Quand on invite six journalistes politiques, plus question de régler les fournisseurs avec une liasse de billets. À Denise Matharan, elle déclare d'un ton sans réplique : « Il faut me donner des factures. » Cela, paraît-il, perturbe la vieille intendante, qui en aurait fait une attaque d'hémiplégie. C'est du moins ce qu'écrit *Le Canard enchaîné*, qui ne publiera jamais la lettre de son fils affirmant le contraire.

Dans le bureau voisin du sien, Pierrette Franzoni, secrétaire du trésorier, a l'habitude de ranger tous ses bordereaux pêle-mêle dans un grand coffre-fort. Un jour, elle tombe malade. Il faut rechercher un papier. Louise-Yvonne ouvre la porte du coffre et lance son cri de guerre : « Moi, je commence par classer. » Le colonel approuve. « M. Rigault m'a retiré toute attribution au profit de Mme Casetta et d'une autre dame dont j'ai oublié le nom » dira douloureusement au juge d'instruction la Franzoni dix ans plus tard.

Au cinquième étage, ce sont des batailles de dames qui font sourire les hommes. Au RPR, les femmes sont des petites mains interdites d'ambition politique. Louise-Yvonne n'a que son brevet en poche mais de la poigne à revendre pour réduire les frais généraux et vérifier que l'argent récolté ne s'égare pas en chemin. Les énarques sortis du sérail sont trop heureux de la voir se retrousser les manches pour des tâches qui commencent à sentir le soufre.

Car en 1989, à peine Mitterrand réélu à l'Élysée, le camp du président est secoué par une tempête politico-financière qui donne la nausée au peuple, y compris celui de gauche. La terrible affaire Urba lève le voile sur le financement délictueux du Parti socialiste. L'officine a été mise en place par Pierre Joxe, l'homme de confiance de Mitterrand, préposé au ramassage de l'argent, lors de la première campagne de 1981.

Trente-deux personnes, cadres du BTP et élus locaux, sont déjà inculpées. Le juge Thierry Jean-Pierre a été alerté par une de ces dénonciations anonymes qui sont la providence des juges d'instruction. Enquêtant sur deux accidents du travail dans une entreprise du BTP de la Sarthe, filiale de la SAE, Société auxiliaire d'entreprise, un informateur lui explique : « Si les normes de sécurité ne sont pas respectées ici, c'est que les marges sont trop étroites. Et si elles le sont, c'est qu'il faut verser sa dîme à l'officine socialiste. » Par la suite, un autre informateur, nullement anonyme, Jean Montaldo, explorateur des placards et des poubelles de la politique, lui fournit la copie des cahiers d'écolier où le comptable méticuleux d'Urba, un nommé Delcroix, a consigné la liste et le montant des fausses factures destinées au Parti socialiste. Le système fonctionne comme une banque suisse : un tiers revient à Urba pour les salaires d'une vingtaine d'employés, un tiers à la trésorerie nationale du parti et le dernier tiers aux élus qui disposent chacun d'un compte secret avec un numéro de code. Avant chaque campagne, les candidats téléphonent : « J'ai encore combien sur mon compte ? »

À la tête, Joxe a placé un ami syndicaliste et ancien brigadier de police. Gérard Monate a commencé sa carrière en réglant la circulation aux carrefours. Ce géant débonnaire gère la boutique comme l'épicier du coin, sans être troublé par le nombre de zéros qui se bousculent dans la colonne « rentrées ».

Le juge, âgé de trente-cinq ans, une espèce de gendre idéal, mince et blond, tombe des nues : « Les gens pensaient que nous étions des zorros. En fait on était des zozos ! Quand j'ai parcouru les cahiers Delcroix, je ne savais pas que la corruption existait, je n'en imaginais pas les montants, et j'étais loin d'en soupçonner les hommes politiques. »

Car il y a trésorier et trésorier, se plaignent tous les industriels du BTP en parlant du racket socialiste de plus en plus pressant. La droite en fait son slogan : « Du temps de Blum, la gauche s'écriait : "Toutes les places et tout de suite. Avec Mitterrand, elle réclame tout le fric et tout de suite." »

Le chef de l'État entreprend une fois encore de balayer les miasmes de la corruption à coups de beaux couplets vertueux. Le jour de la Pentecôte, du haut de la roche de Solutré, il lance les nouvelles tables de la Loi.

Le 20 juin 1989, le Conseil des ministres adopte deux textes qui établissent les règles purificatrices du financement des partis et des campagnes électorales. Les valises de billets sont mises à l'index. Les marchés publics placés sous haute surveillance. Les dons des entreprises ne peuvent dépasser cinq cent mille francs en chèques libellés à l'ordre du parti. Désormais, c'est le contribuable qui paie. Les crédits sont distribués au prorata du nombre des électeurs et des élus aux dernières élections.

Dans la foulée, on décide une amnistie pour toutes les infractions commises avant le 15 juin. Ce dernier texte est voté sans l'ombre d'une hésitation par des députés trop heureux d'échapper aux boulets de la justice. Magistrats et avocats crient au scandale.

Par la voix de Jacques Toubon, le RPR feint de se joindre aux clameurs : « L'Assemblée nationale est dévoyée. On ne peut remplacer le verdict des juges par le vote des députés socialistes. »

André Lajoinie, tout aussi jésuite, affirme que « les voleurs n'ont pas à être amnistiés » et que le Parti communiste français « n'a rien à se reprocher ». Le député de l'Allier ignorerait-il que son parti préfère aux caisses noires incommodes une caisse rouge inépuisable dont le siège est à Moscou ?

Le soir même sur TF1, le Premier ministre Michel Rocard justifie le tour de passe-passe florentin : « La fraude a été générale et tous azimuts. Il s'agit de sortir de l'alternative actuelle entre la fraude et la mendicité. »

Mais les juges se calment d'autant moins qu'un non-lieu est intervenu le 16 juin dans l'affaire Luchaire : « Le moment est venu de soustraire le parquet à son actuelle soumission au bon vouloir du prince » s'exclame l'Union syndicale des magistrats, pourtant modérée.

La polémique masque les défauts de la nouvelle législation anticorruption.

Rebelote, les socialistes créent une autre boutique, l'AFPS, Association pour le financement du Parti socialiste. Douze dirigeants du parti siègent au conseil d'administration. Son président est le trésorier socialiste Henri Emmanuelli. Mais le véritable patron est un militant toulousain, bon vivant et fou de rugby. Surtout, Gérard Peybernès est du bâtiment. Il vient de la SAE mouillée dans l'affaire Urba et connaît tous les grands et petits noms du BTP.

C'est Alex Raymond, député de Haute-Garonne et figure de la gauche locale, qui l'a convaincu dès 1974 de mettre son carnet d'adresses et sa faconde au service du parti.

À son arrivée rue de Solférino, il a été stupéfait du désordre financier : « Les années 1980 sont les années où les camarades ont appris à "faire de l'argent". Pas une entreprise ne résisterait à une telle gabegie. J'ai connu un premier secrétaire qui avait huit assistantes casées dans un bureau deux fois plus grand que le sien. Comme ce ne sont que des militantes, elles prennent souvent des journées pour distribuer des tracts ou aider un camarade de section. On ne sait jamais qui est là ou pas là. C'est ingérable, même si vous mettez un directeur des ressources humaines.

Quand on perd les élections, c'est la catastrophe. Il faut recaser à tour de bras. Après la déroute de 1993, le Parti socialiste a envisagé, sur la suggestion de Mitterrand, de revendre son siège de la rue de Solférino. »

Il est encore plus sévère pour la nouvelle loi du camarade Bérégovoy, ministre des Finances : « Tout a continué comme avant pour la simple raison que les grands groupes du BTP ont des dizaines voire des centaines de filiales dont chacune pouvait signer un chèque de cinq cent mille francs. »

Encore faut-il savoir récolter ce blé providentiel : « Il n'y a personne dans ce parti de fonctionnaires et de profs pour entretenir des contacts avec les entreprises. Ce sont deux mondes à part. J'ai d'ailleurs proposé à Mauroy, qui était alors premier secrétaire du PS, de créer un ministère de l'Entreprise privée. » Directeur salarié de l'AFPS, Gérard Peybernès touche vingt et un mille francs par mois. Il rigole : « C'est bien la preuve que je ne comptais pas rester. »

Au RPR, Louise-Yvonne gagne encore moins pour le même travail. En cette période de vaches maigres, la rue de Lille n'arrive plus à payer ses propres secrétaires et a recours aux emplois fictifs. Depuis le 18 décembre 1985, la Bretonne est payée quinze mille francs par la CIEC, une société parisienne d'installation de chauffage industriel. Le patron, Jean Guillou Keredan, est un « pays » et une relation de Sylvain Casetta : « Je connaissais depuis plus de vingt ans son mari maître d'hôtel à la Lorraine » expliquera-t-il aux juges de Nanterre.

Pourquoi l'intendante s'inquiéterait-elle quand le contrôleur de gestion touche également un salaire fictif ? Quand Anne-Sophie Grave, directrice de cabinet du secrétaire général, reçoit de Bouygues sa feuille de paie. Quand Jérôme Grand d'Esnon, conseiller juridique du parti, est lui aussi rétribué par Bouygues et par Campenon-Bernard, deux mastodontes du bâtiment où il se rendra en tout et pour tout deux fois pour signer son contrat de travail : « Je considère que cette situation n'avait rien d'illégal » dira-t-il au procès de Nanterre.

Depuis le départ de Jacques Durand, on a confié à Louise-Yvonne le portefeuille des entreprises mécènes, un gros carnet enfermé à double tour dans le bureau du trésorier adjoint. Jacques Rigault l'affirme devant le juge Desmure : « C'est Mme Casetta qui a récupéré la gestion de ce portefeuille. » Elle corrige devant le même magistrat : « En 1990, date de la promulgation de la nouvelle loi, Robert Galley m'a demandé de démarcher les entreprises pour l'obtention de dons. J'ai repris les carnets de Durand et je m'adressais aux entreprises. Je leur demandais le maximum légal... Je sollicitais également les entreprises que me signalaient les députés de province ou autres élus et qui étaient potentiellement donatrices. »

Cette année-là, un nouveau trésorier arrive rue de Lille. Chirac a mis deux ans à dénicher l'oiseau rare, un camarade de l'ENA et de l'Algérie. Jacques Boyon a collectionné les cabinets ministériels. Il a même été secrétaire d'État à la Défense en 1986. C'est surtout un notable du pays de Bresse, député-maire de la commune de Pont-d'Ain et président du conseil général.

Jusqu'ici, le poste de trésorier ne se refusait pas. Au contraire. Car celui qui tient les cordons de la bourse contrôle le parti. Il voit tous les élus tendre la main au moment des élections. Chez les communistes, George Gosnat, maire d'Ivry mais inconnu du grand public, était l'homme fort du PC. Il accompagnait toujours le secrétaire général Georges Marchais lors de ses interventions dans les médias. « Quand j'allais à Matignon prendre les fonds secrets en voiture officielle avec chauffeur, quand je voyais les huissiers qui m'ouvraient tout grand les portes, j'étais fier d'être quelqu'un qui compte » dit un parlementaire de droite. Et certains jeunes ambitieux s'installent dans le fauteuil les yeux fermés. En 1986, Jean-Pierre Thomas est devenu, à vingt-huit ans, trésorier du parti républicain : « Hélas, je ne savais pas que c'était dangereux. »

Les nouvelles lois changent la donne. Jacques Toubon ne s'en cache pas : « C'est devenu un métier à risques. » On y place obligatoirement un élu, député ou sénateur, qui, grâce à son immunité parlementaire, ne peut, sans l'accord du bureau de l'Assemblée nationale, ni être mis en examen, ni en garde à vue, ni bien entendu en détention provisoire.

Louise-Yvonne, elle, poursuit comme avant sa périlleuse besogne : « Les trésoriers successifs, M. Galley, M. Boyon, M. Oudin, me communiquaient les noms d'entreprises que je devais relancer. Ils me disaient : "Appelez telle société, il faut trouver des fonds". Chaque année, ils me demandaient d'appeler également les entreprises donatrices des années précédentes. »

Bien entendu, il faut les relancer. Et ce n'est pas une partie de plaisir. C'est moins gratifiant que de poser pour une affiche électorale et plus délicat à récolter que des suffrages. Avec sa voix autoritaire, la Bretonne est douée pour obtenir le maximum. Quand elle dit de son ton sans réplique : « Vous avez le droit de donner cinq cent mille francs, alors vous donnez cinq cent mille francs », les patrons obtempèrent. Toujours dans le plus grand secret. Car les seigneurs du BTP préfèrent que leurs syndicalistes ne soient pas au courant de leurs générosités en faveur d'un parti de droite. Un coursier apporte le chèque rue de Lille. Il attend le reçu rédigé sur-le-champ par Louise-Yvonne de sa belle écriture formée chez les sœurs.

6

Le Gros

Avec le bâtiment, l'Afrique, l'eau et les hypermarchés sont les tirelires de la vie politique. Des sommes astronomiques dont le procès Elf a donné une idée aux Français incrédules. Aides et contrats arrosent nos anciennes colonies. Et dans ces pays du tiers-monde où la corruption est reine, l'argent versé par l'État français ou investi par les entreprises publiques génère des bakchichs appelés rétrocommissions mises au secret sur des comptes suisses à la disposition des partis politiques. Le ministère de la Coopération est ainsi un poste stratégique et juteux que les présidents de la République réservent à des hommes discrets et de toute confiance. À gauche, Christian Nucci y a perdu son honneur dans l'affaire du Carrefour du développement, organisme destiné à subventionner le développement des pays africains mais qui rétrocédait au PS une partie de ses crédits. L'amnistie de 1990 a été décidée par François Mitterrand pour blanchir son ministre. À droite, curieusement, ce ministère de l'argent humanitaire a été occupé successivement par Robert Galley, futur trésorier du RPR, et par Michel Roussin, ancien officier des services secrets, qui coordonnait les grandes et les petites affaires de la mairie de Paris.

Depuis un siècle, la distribution de l'eau est aussi une source intarissable de liquide par le canal de deux grandes entreprises : la Générale des Eaux, aujourd'hui Vivendi, et sa concurrente, la Lyonnaise des Eaux, dont le PDG, Jérôme Monod, a été secrétaire général du RPR de 1976 à 1978. Hanté par les trahisons dont il a été l'artisan et si souvent victime, Jacques Chirac sait ce qu'il doit à cet ami fidèle depuis plus de trente ans. Et vice-versa. Jérôme Monod, aujourd'hui conseiller spécial à l'Élysée, a accompli la prodigieuse performance d'être ignoré par les juges lors de l'affaire Carignon. Il présidait pourtant le déjeuner au cours duquel a été conclu ce que la justice a qualifié de « pacte de corruption ». Les quatre autres convives ont tous été sévèrement condamnés. Cette exception judiciaire a choqué la France entière.

PDG pendant vingt ans de la Générale des Eaux, Guy Dejouany est également une vieille relation de Chirac. Ce qui ne l'empêche pas de récupérer une majorité de contrats auprès des municipalités de gauche. Le partage des eaux se fait entre gens du monde et du même monde. Les deux groupes se sont diversifiés dans le BTP, l'environnement, le chauffage, les ascenseurs...

Depuis 1981, le RPR, replié sur son donjon doré, la mairie de Paris, orchestre la reconquête de l'Élysée en saignant les HLM de la capitale et de ses environs. Pasqua règne dans les Hauts-de-Seine. Les conseils généraux des Yvelines et de l'Essonne sont aussi aux mains des amis. Toutes les entreprises du bâtiment de la région Ile-de-France, présidée alternativement par Pierre-Charles Krieg et Michel Giraud, sont rançonnées. Jusqu'à l'Oise aux mains de Jean-François Mancel.

La cheville ouvrière de la machine chiraquienne, Jean-Claude Méry, est membre du comité central du RPR. Son père était, dans le Loiret, un notable de la IVe République. Il a fait ses classes dans l'immobilier avec Stéphane Delouvrier, le neveu du grand urbaniste de la région parisienne. Dans les années 1980, il préside au parti gaulliste la commission sur le logement. Avec Georges Pérol, patron des HLM, il participe même, en 1986, à l'élaboration de la loi sur l'accession à la propriété des logements sociaux qui portera le nom du ministre de l'Équipement, Pierre Méhaignerie.

Méry est aussi un ami de Monate. Ou plutôt un frère. Ils se rencontrent régulièrement dans leur obédience maçonnique. Mais alors que la nomenklatura socialiste se sert du naïf brigadier de police comme d'un homme de paille, Méry crée lui-même sa petite entreprise destinée exclusivement à alimenter les caisses de son parti.

Au fil des ans et des chantiers, il s'est constitué un carnet d'adresses qui vaut de l'or. Les grands du BTP, il les connaît personnellement. Et les petits aussi, ceux du ravalement, de la peinture, de la maintenance et du nettoyage, qui sont prêts à tout pour décrocher un marché dans la jungle du ciment et du béton. Une jungle où les francs-maçons sont naturellement légion.

Aux juges d'instruction, les entrepreneurs parlent de « relations philosophiques » avec Méry comme avec bon nombre de responsables du RPR. Lors des perquisitions, les magistrats ordonnent aux policiers de fouiller les bibliothèques, pour y rechercher des livres d'initiation maçonnique.

La réussite de ce « grand collecteur » est d'une rapidité inouïe. Peu à peu, il grignote tous les marchés. Il appelle ses relations en fin de journée. Le tarif habituel est de 3 %. Et il est gourmand. En quatre ans, il a ramassé trente-huit millions de francs sans que l'on sache exactement ce qu'il a reversé dans les caisses du RPR. L'immobilier fait vite perdre la tête.

Certains patrons du bâtiment s'en plaignent depuis longtemps. Sans pots-de-vin, ils ne peuvent obtenir les marchés qui font tourner leurs entreprises : « L'intérêt de tels procédés reposait sur le fait d'entretenir de bonnes relations avec les décideurs et les élus qui, dans le BTP, ne sont pas sans influence », expliquera Philippe Jung, du groupe Bouygues, devant le juge. Les petits sont plus amers : « Nous avions peur d'être oubliés pour l'avenir, de perdre la clientèle de la mairie de Paris qui était une image importante pour notre entreprise » déplore Christian Kerherno, président des Charpentiers de Paris. Plus furieux encore, ceux qui versent leur obole sans recevoir un marché en retour.

Au contraire de Monate qui ne sera jamais soupçonné d'enrichissement personnel, Méry est un hâbleur, un frimeur, un glouton qui se transforme à vue d'œil. Il a sa table dans les grands restaurants. Il roule en Jaguar. Il entreprend de décorer sans lésiner son appartement de l'avenue de Suffren. Il porte des chemises roses à col blanc sous un blazer à boutons dorés. Des chaussettes pas toujours sobres dans des mocassins trop brillants. Ses bretelles retiennent un estomac alourdi par l'alcool. Dans les cocktails costume-cravate-rayures d'énarques de droite, « il fait tache » dit un trésorier.

Désormais on ne l'appelle plus que « le Gros ». Dans les dîners, il s'affiche comme le patron des HLM. À ses voisines de table, il propose des appartements à loyers modérés. Mais le lendemain il a oublié ses promesses. Il assiste à un match de foot ou de rugby avec des chefs d'entreprise qu'il emmène en hélicoptère pour mieux les rançonner. Il est volubile. « Parfois trop », dit Monate. Il chasse avec les préfets. Il traque le gros gibier en Yougoslavie avec l'ancien gardien de but des Verts, Yvan Kurcovic. Mais de l'avis des bons fusils, c'est un « viandard ». Autrement dit un voyou.

Dans le Midi, terrain de prédilection des aventuriers de la construction, Méry rêve d'être promoteur. Depuis le début des années 1980, il a un projet pharaonique pour Port-Vendres : la construction d'une marina comme à Port-Grimaud, où il possède d'ailleurs une maison. Il a déjà baptisé son futur chantier « Port Pierre-Méry », du nom de son père. Problème : le vaste terrain militaire est truffé de casemates datant de la dernière guerre et son déminage coûterait une fortune. Ce village pour riches défigurerait aussi l'admirable baie de Paulies et ses petites criques à roches rouges.

Toute la région, vent debout, viticulteurs en tête, lève le poing contre le bétonneur parisien. Mais Méry ne désespère pas de boucler rapidement un tour de table avec les plus gros acteurs du BTP. Quant aux permis, il a le bras long... Il a présenté la maquette de son projet à Chirac lors d'un voyage dans les Pyrénées-Orientales. En attendant il emmène en hélicoptère son décorateur parisien griller des brochettes sur le site de rêve. L'invité a oublié son pull-over. Qu'à cela ne tienne, l'hélicoptère fait demi-tour.

Dans ses bureaux du 47, quai des Grands-Augustins, deux secrétaires se relaient pour apporter les maroquins de cuir devant ses visiteurs. Quand il s'y rend en 1994, le juge Halphen s'étonne de n'y trouver qu'un téléphone. Lorsqu'il lui demande à quelles prestations correspondent ses facturations mirobolantes, Méry n'a aucun contrat à lui présenter.

En 1996, après sa remise en liberté, il a enregistré sa fameuse cassette. Non pour servir l'histoire de la France mais pour rappeler les services rendus à la machine chiraquienne. « Tout a commencé en 1985. Je propose à Bernard Pons – secrétaire général à l'époque du RPR – de constituer une conférence permanente du RPR sur l'habitat... Très rapidement, on me demande si je peux me préoccuper auprès des entreprises de collecter quelques fonds pour les campagnes politiques à venir... Je découvre que l'OPAC a en fait trois types de marchés annuels... : la construction neuve... la réhabilitation... et enfin tout ce qui est l'entretien et l'exploitation... On dépasse le milliard quatre cents millions de francs en général. Et là-dessus, évidemment, très peu de “retours”... C'est alors que M. Pérol me présente à M. Roussin... Je vous le dis tout de suite, on va passer de trois cent mille francs par an à plus de trente-cinq à quarante millions de francs en liquide, en direct ou en emplois privés tous les ans pendant plus de sept ans sous ma coupe. »

Avec une verve qui mettra au supplice les personnes qu'il cite « le Gros » insiste sur la satisfaction générale des entreprises qui « sont contentes. Elles ont du boulot », dit-il. Mais aussi de « Monsieur » Pérol qui l'a fait entrer dans cette valse de milliards. Georges Pérol n'est officiellement que le directeur de l'OPAC (Office public d'aménagement et de construction) qui gère les logements sociaux de la capitale mais il a la signature pour les attributions des marchés. À Paris, à la différence des départements, le président ne fait qu'inaugurer les boîtes aux lettres.

Ce notable corrézien a tout pour mériter la confiance de Chirac. Maire de Meymac, dans le canton de Bernadette, il représente cette ruralité inébranlable dont le maire de Paris a le culte. Son ami Jacques, alors ministre de l'Agriculture, l'arrache à sa terre d'élevage pour le nommer à la tête de l'Office national des viandes. Puis, sans autre légitimité que son bon plaisir, il le place à la tête des HLM de la capitale. Un poste stratégique. Chirac a vu les communistes à l'œuvre dans les banlieues rouges où les logements sociaux sont la clef du pouvoir. On ne les obtient qu'en échange de la carte du Parti.

Bien entendu, on ne passe pas des veaux de Corrèze à l'immobilier parisien sans provoquer des jalousies. D'autant que Pérol exerce son pouvoir en solitaire et avec morgue. Ses relations sont aigres avec son numéro 2, François Ciolina, qui, comme polytechnicien, se juge beaucoup plus qualifié pour la gestion de ce gigantesque patrimoine.

En 1992, Georges Pérol décide brusquement de rénover les trois mille quatre-vingt-douze ascenseurs des HLM de Paris. Ce marché du siècle, comme il le qualifie lui-même, représente un budget annuel de cent quarante millions de francs sur quinze ans. Sans surprise, la Somatem, filiale de la Lyonnaise des Eaux, présidée par Jérôme Monod, et la CG2A, filiale de la Générale des Eaux, présidée par Guy Dejouany, se partagent le pactole en laissant, pour donner le change, quelques miettes à l'américain Otis. Le contrat « faramineux », selon le mot de Méry, vient à point pour la campagne des législatives de 1993. Elles sont gagnées triomphalement. Avec la bénédiction de Chirac, Balladur prend possession des boiseries Louis XV et du luxuriant parc de Matignon.

Les années de feu vont commencer.

7

La déchirure

Mitterrand décline, mais reste diabolique. Le président socialiste encourage le Premier ministre à convoiter l'Élysée. Édouard, l'ami de trente ans, trahit le pacte implicite qui le lie au maire de Paris.

Ce duel fratricide frappe le RPR comme la foudre. Les deux candidats de la famille gaulliste se disputent avec rage le parti, les députés, et surtout la cagnotte.

Pour tous les hommes qui se croient investis d'un destin national, l'argent n'est pas seulement le nerf de la guerre, c'est le secret de la victoire. Dans ces grandes batailles où se joue l'avenir du pays, les budgets passent avant les idées et les mots. Cette fébrilité qui contamine les trésoriers nous vient en droite ligne des États-Unis où, tout au long de la campagne, les deux candidats annoncent, jour après jour, les sommes extravagantes misées sur eux par leurs supporters. En 2004, Bush et Kerry ont encore battu des records.

C'est que les élections présidentielles coûtent de plus en plus cher en mailings, en productions de films, en meetings dans des stades omnisports, comme pour un concert de Johnny. Avec des centaines d'hôtesses, des projecteurs qui balaient du bleu-blanc-rouge, des écrans géants, des sonos qui électrisent les foules.

Quand les comptables additionnent les dépenses d'imprimerie, les billets d'avion, les locations de tentes, de voitures et de cars, les brigades de gros bras, ils ont des sueurs froides. Tous les moyens sont bons pour diminuer les factures. Les candidats ne se déplacent que dans des jets privés payés par des chefs d'entreprise qui ont bien compris l'intérêt de soudoyer les politiques. Le plus lourd ce sont les campagnes publicitaires destinées à trouver et à lancer les slogans. Mais aussi les sondages qui crédibilisent le candidat dans les médias et dopent le moral des colleurs d'affiche et des états-majors. C'est ainsi qu'en 1994 les instituts spécialisés prédisent la victoire de Balladur à la présidentielle. Quel camp choisir ? À qui donner ? Depuis des mois, les entreprises du BTP sont sollicitées des deux côtés. Mais il ne suffit pas pour une équipe de ramasser le plus gros butin, encore faut-il en priver l'adversaire. Curieusement, c'est à cette époque de coups fourrés qu'éclate l'affaire des HLM de Paris qui va causer des ravages dans le camp de Jacques Chirac : « Tout se noue au cours de l'hiver 1994-1995 », affirme un avocat.

Quelques mois plus tôt, Francis Poullain, PDG de la SAR, Société d'application et de revêtement, a été l'objet d'un contrôle fiscal. Son entreprise qui, à sa naissance en 1972, s'occupait modestement de peinture, a vu son chiffre d'affaires gonfler de façon stupéfiante dans les années 1980. Cette bonne fortune étonne encore ses voisins picards de Warloy-Baillon, son village natal, près d'Albert, dans la Somme. Il est loin le temps où le *p'tiot* Francis dévalait à bicyclette la rue du Moulin en direction des cimetières militaires britanniques innombrables dans cette vallée deux fois saignée à blanc pendant les deux guerres mondiales. Poullain, qui a la cinquantaine, n'a pas toujours été dans le bâtiment. Ce militant gaulliste de la première heure ne sort ni de l'ENA ni d'une grande école. Il a en poche un brevet décroché dans un collège technique. À vingt et un ans, il abandonne la mécanique auto et sa Picardie. Il monte à Paris et s'engage dans la police où il prend goût aux armes à feu. Le *Who's Who* signale qu'il a pour distractions le tir à l'arme de poing, le pilotage d'avion et la chasse. Cela crée des relations. Autant que la franc-maçonnerie à laquelle, comme Jean-Claude Méry, il ne se cache pas d'appartenir.

Au RPR, il est aussi l'ami de tout le monde. C'est la SAR qui a repeint le siège de la rue de Lille. C'est encore elle qui a transformé en palais l'appartement à loyer modéré du fils Tiberi. La rénovation des HLM de Paris est pour le roi de la peinture un chantier sur lequel le soleil ne se couche jamais.

Pour fêter l'anniversaire de sa société et ses vingt ans de succès, le nabab a invité ses puissants amis à un grand concert de Pavarotti donné le 3 septembre 1993 au Champ-de-Mars, sous la tour Eiffel. On l'a vu trônant au premier rang entre Bernadette Chirac, Michel Giraud, Robert Pandraud, et le ministre du Logement Hervé de Charette. La soirée s'est terminée par un banquet digne de Fouquet.

Comme pour le surintendant des Finances de Louis XIV, la chute arrive alors qu'il est au sommet de sa splendeur.

En juillet 1994, Francis Poullain, qui vient de se marier pour la troisième fois, est incarcéré à la Santé.

Son entreprise de peinture, dont le siège est à Alfortville, a également beaucoup de ses clients dans les Hauts-de-Seine. À commencer par Charles Pasqua qui recommande la SAR à toutes ses relations. « Charlie » n'est pas seulement ministre de l'Intérieur, il préside le conseil général du département dont le budget, le premier de France, équivaut à celui de la Grèce. À l'époque de ses fastes, Francis Poullain a d'ailleurs acheté un château en Bourgogne à quinze kilomètres d'une chasse louée par la mairie de Levallois-Perret où règnent les mirifiques époux Balkany.

La justice soutient qu'elle a été alertée par les services de Bercy. Le ministère des Finances a braqué sur l'entreprise de Poullain une véritable arme nucléaire : la CIF. C'est cette Commission des infractions fiscales qui a saisi le parquet et déclenché son arrestation.

Mais, curieusement, le juge Halphen en charge du dossier tombe – est-ce un hasard ? – sur des fausses factures qui ne conduisent les enquêteurs qu'à la mairie de Paris. Le premier nom qui apparaît est celui de Jean-Claude Méry.

Ce coup d'envoi d'une instruction judiciaire sera souvent interprété comme le début d'une opération politique. Le ministre du Budget est Nicolas Sarkozy.

Avec Pasqua, il a choisi Balladur, trahissant ainsi Jacques Chirac, son parrain en politique.

Au mois d'août, devant l'étau qui se resserre, le Gros, en vacances dans sa maison de Port-Grimaud, fait passer le message à Pasqua : « Si on me lâche, je balance tout. » Didier Schuller est chargé de jouer les petits télégraphistes : « Le premier qui sautera, lui précise Méry, ce sera Roussin. Le deuxième, ce faux-jeton de Juppé. Et enfin, s'il le faut, Chirac ! » Il est arrêté le 27 septembre, à 4 heures de l'après-midi : « La police dégringole dans mes bureaux. » La prison, il s'y attend. C'est le prix normal pour ceux qui franchissent la ligne jaune. Au bout de six semaines, le Gros commence pourtant à trouver le temps long. Dans sa cassette, il évoque son impatience : « Je fais part de ma peine, de mon souci, de mon désir de sortir de prison et on insiste en me disant : "On vous en supplie, Jean-Claude, l'élection de Chirac dépend de votre silence". »

C'est alors que l'enquête s'oriente vers les Hauts-de-Seine.

Comme souvent, à l'approche des élections, dans ces sulfureuses péripéties, *Le Canard enchaîné* lance un brûlot. L'hebdomadaire ironise sur les tarifs de publicité pratiqués par *Le Clichois*, journal électoral de Didier Schuller à Clichy. Pendant la campagne des cantonales dont il est sorti vainqueur, ce protégé de Pasqua a touché, pour des pages de publicité, un gros chèque de l'omniprésent Francis Poullain.

L'élu par qui le scandale arrive est un énarque qui a mal tourné. Schuller a fait ses classes chez Chaban-Delmas à Matignon. Il a vu à l'ouvrage

Jacques Delors et Simon Nora qui voulaient doter la France d'une « Nouvelle société ». Après l'échec du candidat gaulliste, il a rejoint le MRG, petite brindille de l'Union de la gauche, tout en accomplissant son stage de sortie de l'ENA dans les Bouches-du-Rhône. Il se vante d'avoir présenté Michel Vauzelle à Mitterrand. Et même de l'avoir fait maire d'Arles.

En 1981-1986, il est au ministère de l'Équipement chargé de décrocher des contrats de BTP au Proche-Orient. En 1987, le voilà candidat RPR à Belfort contre Chevènement. Deux ans plus tard, il se présente à la mairie de Clichy où il frôle la victoire avec 49 % des voix.

Comment a-t-il débarqué là, sur les terres de Pasqua ? Didier est un ami d'enfance de Balkany. Comme le maire de Levallois, il mène grand train. Il aime l'argent, les restaurants, les femmes, surtout la chasse où il croise Poullain, Méry et tant de patrons du BTP et de l'immobilier. Schuller loue d'ailleurs un domaine en Alsace.

En 1993, quand Pasqua arrive au ministère de l'Intérieur, il lui demande une faveur : le poste de sous-préfet de Saverne, au milieu de ces forêts peuplées de cerfs, de chevreuils, de sangliers, de faisans, dont les plus grands fusils du monde font leur royaume.

Le destin en décide autrement. Au cours d'un déjeuner, le ministre de l'Intérieur et Patrick Balkany fixent une haute mission à leur comparse : la direction des HLM des Hauts-de-Seine. Patrick est président de l'Office, il a besoin d'un homme à sa main. Et la tradition veut que le directeur des HLM soit un fonctionnaire du ministère de l'Équipement et du

Logement. Schuller fait une croix sur Saverne. Ce qui ne l'empêche pas de continuer à chasser de plus belle. Il est en Autriche quand il reçoit un coup de téléphone de sa compagne : « Un certain docteur Maréchal cherche à te joindre. »

Beau-père du juge Halphen, Jean-Pierre Maréchal est psychiatre à l'hôpital américain de Neuilly. Il soigne la mère et l'épouse de Schuller. Tous deux sont frères de loge. Ils se tutoient. Le chasseur rappelle aussitôt le médecin, qui lui donne rendez-vous à l'hôpital : « J'ai de quoi faire arrêter l'enquête de mon gendre. Vous pouvez encore sauver Roussin » déclare le psychiatre d'entrée de jeu. Lui, il veut de l'argent. Comme au poker, il demande un million de francs, « pour voir ».

Schuller informe Pasqua, qui court avec lui à Matignon. La consigne de Balladur transmise par Nicolas Bazire, son directeur de cabinet, est sans appel : « On ne bouge pas. Sinon on va tous finir au trou. »

Entre les deux candidats RPR à l'Élysée, les longs couteaux sont tirés.

Dans la nuit du 12 au 13 octobre 1994, le ministre de la Communication Alain Carignon est interpellé et écroué à la prison Saint-Joseph de Lyon par le juge Courroye. Il est accusé d'avoir donné à la Lyonnaise des Eaux, présidée par Jérôme Monod, le marché de sa ville en échange d'avantages substantiels, à commencer par un appartement à sa disposition boulevard Saint-Germain.

Le lendemain, Gérard Longuet, autre pilier du gouvernement Balladur, doit démissionner à son tour à la veille d'être mis en examen. Le ministre de l'Industrie, des Postes et Communications et du Commerce extérieur est soupçonné d'avoir financé le parti républicain avec des millions placés frauduleusement sur un compte secret au Luxembourg. Les paparazzi le mitraillent repartant, le visage cadenassé, au volant de sa voiture.

Pour ne pas être en reste, Jérôme Monod, pas encore revenu de ses frayeurs, annonce dès le 10 novembre que la Lyonnaise des Eaux suspend toute participation au financement des partis politiques. Sur-le-champ, la Générale des Eaux lui emboîte le pas.

Après avoir incarcéré Francis Poullain et Jean-Claude Méry, le *shérif* Halphen, lui, semble désormais suivre à la trace la malédiction du Gros.

Il s'attaque à Michel Roussin. Dans ses carnets, Méry a noté avoir remis deux cent soixante mille francs à M. R. en 1992 à l'Hôtel de Ville de Paris. Sa secrétaire affirme avoir écrit le nom du premier collaborateur de Chirac sur plusieurs enveloppes de liasses. Le chauffeur, encore plus vantard que son patron, a même parlé d'une mallette en crocodile avant de se rétracter. Depuis, Roussin est devenu ministre de la Coopération du gouvernement Balladur. Il est passé dans le camp adverse. La trahison de son premier lieutenant a blessé et aussi alarmé le candidat Chirac.

Bien conseillé et habilement orienté, Halphen a trouvé la faille juridique pour atteindre le ministre. Le 8 novembre 1994, il l'appelle à son ministère pour fixer la date d'une rencontre. Au téléphone, le cabinet répond que Michel Roussin se trouve avec François Mitterrand à Biarritz au sommet franco-africain. Alerté, le ministre rappelle le juge d'instruction : « Je suis à votre disposition. »

Rendez-vous est pris pour le 12 novembre à Créteil. Avant de raccrocher, le juge ajoute presque négligemment qu'il serait préférable que le ministre se fasse accompagner d'un avocat. « Quand il arrive dans mon bureau, je le mets en examen, dit Halphen. Je n'avais pas besoin de l'autorisation du Conseil des ministres alors qu'elle est nécessaire pour entendre un ministre comme simple témoin. Ceux qui ont rédigé la Constitution de la Ve République en 1958 n'avaient sûrement pas imaginé qu'un membre du gouvernement pourrait être un jour inculpé par un petit juge. »

Sans se démonter, le « petit » juge ordonne une perquisition immédiate dans le bel appartement du ministre rue de l'Abbaye, à l'ombre de Saint-Germain-des-Prés. Les journalistes ont été prévenus. Ils suivent le cortège officiel qui se dirige ensuite, tous gyrophares allumés, vers le ministère de la Coopération, rue Monsieur, derrière les Invalides.

Balladur, affolé, a déjà téléphoné à son ministre. Michel Roussin donne sa démission. Ne bénéficiant même pas d'une immunité parlementaire, il est aussitôt placé en garde à vue.

Jour après jour, Halphen pousse ses feux en direction de la mairie de Paris. *Le Monde*, qui mise sur la victoire de Balladur, salue son instruction comme une cause nationale.

Et voilà que l'enquête, comme un feu de brousse

mal éteint, enflamme les Hauts-de-Seine. Le juge est convaincu que ce département a été jusqu'à la trahison balladurienne la poule aux œufs d'or du RPR. L'article du *Canard enchaîné* mentionnant le gros chèque de Poullain en faveur de Schuller ne fait que renforcer ses soupçons. Le 13 décembre, flanqué d'une douzaine de policiers, il perquisitionne les bureaux du *Clichois* pour éplucher les factures de publicité.

La compagne de Schuller, Christel, qui tient la boutique et les comptes du journal, ne s'en laisse pas conter. À 13 heures, elle signe les trois pages du procès-verbal qu'elle a apprises par cœur. Elle se précipite au conseil général et rassure le trio Pasqua-Balkany-Schuller d'un clin d'œil : « Tout va bien. » Mais le docteur Maréchal, lui, continue de frapper à la porte. Il veut son argent. Il a même glissé un appel dans la boîte aux lettres d'un avocat qui l'a aussi rencontré : « Pas de nouvelles. Que se passe-t-il ? À très bientôt, j'espère. »

Brutalement, la consigne change au sujet de Maréchal : « Je reçois un coup de téléphone du ministère de l'Intérieur, raconte Schuller. Balkany est à côté de Pasqua : "Tu portes plainte." »

Le scénario est vite écrit dans un bureau du conseil général des Hauts-de-Seine avec le concours des hauts fonctionnaires de la police. Maréchal est en vacances aux Antilles. Didier Schuller l'appelle et prétend qu'il va le payer. Le directeur de la PJ, Jacques Franquet, met les conversations sur écoutes.

À Orly, les billets tout juste sortis de la Banque de France sont remis dans un sac au psychiatre chanteur.

« La chèvre a pissé », entend Christel, dans la voiture des policiers. La jeune femme alors comprend qu'ils n'auraient pas dû se laisser embrigader dans cette minable série noire que Balladur reprochera amèrement à son méridional ministre de l'Intérieur, emberlificoté dans les fils de ses médiocres marionnettes.

Halphen doit à l'intervention de Mitterrand de n'être dessaisi que d'une partie du dossier. Le juge ne reverra plus jamais son beau-père, qui bénéficie d'une curieuse indulgence de la justice. Maréchal pris en flagrant délit de corruption et qui a tout avoué n'est pas mis en examen mais seulement placé sous contrôle judiciaire dans sa maison de campagne de Barbizon. On n'entendra plus jamais parler de lui. Les médias se déchaînent contre Pasqua, qui appelle Schuller. Charlie réserve au malheureux porte-coton une dernière mission suicide : « Magistrats et journalistes crient au complot. Ils sont en train de massacrer la police. Tu dois t'expliquer. » Mais pas question de braquer les projecteurs sur le conseil général des Hauts-de-Seine. Pour la conférence de presse, l'ami Balkany prête obligeamment une salle de la mairie de Levallois-Perret.

Peine perdue, le 19 février 1995, au journal de 20 heures de France 2, le Premier ministre Balladur, d'un ton pincé, doit monter au créneau pour justifier la légalité des écoutes téléphoniques dans ces affaires d'escroquerie. Sa prestation de Tartuffe fait rire la France entière, à commencer par le camp de Chirac. L'arroseur est arrosé. Depuis deux mois, l'enquête judiciaire visant l'Office des HLM de Paris s'est retournée contre lui. Elle est devenue l'affaire Schuller. En fait, l'affaire Balladur-Pasqua-Schuller.

Dix jours plus tôt, le troisième rôle de la farce a reçu un coup de téléphone de l'avocat Francis Szpiner : « Christel va être arrêtée. Il est encore temps de partir. » Le soir même, la voiture de Schuller franchit discrètement la frontière suisse. Il dort avec sa compagne dans un palace de Genève « où, dit-il, Szpiner me rejoint ». Son ami le rassure : « Laisse passer l'élection et dans trois mois tu rentres. » L'exécuteur des basses œuvres de Pasqua ne reverra pas la France avant sept ans. Maréchal et ses liasses de billets ont fait de l'énarque un bandit en cavale.

8

La nouvelle loi du milieu

Les porteurs de valises sont plus sévèrement châtiés que leurs supérieurs hiérarchiques. Schuller, passé de Suisse aux Bahamas, autre paradis fiscal, se retrouve sans papiers à Nassau : « Moi, ancien directeur de l'Administration, j'étais obligé de faire la queue pour un permis de séjour comme un Marocain à la préfecture des Hauts-de-Seine. » Le soir, il se demande pourquoi Balkany, Pasqua, Balladur et Chirac dorment, eux, tranquillement dans leur lit.

Au bout de quelques semaines, il ne comprend plus pour quelle raison on l'a fait s'enfuir précipitamment : « Si j'avais su ce qu'il y avait dans le dossier, dit-il aujourd'hui, je n'aurais pas bougé. Je n'aurais pas foutu en l'air sept années de ma vie. » Ce qu'il y a dans le dossier du juge : « Trois cent mille francs que Christel aurait touchés pour avoir rédigé de vrais-faux rapports analogues à celui que Xavière Tiberi a produit pour le conseil général de l'Essonne. » Sûrement pas de quoi moisir en prison.

Ce qu'il ne sait pas alors, c'est que son ami Francis Szpiner a rejoint le camp chiraquien. Depuis qu'il a brillamment défendu le socialiste Nucci, la nouvelle star du barreau de Paris rêve d'une carrière politique. Mais la gauche ne lui a rien proposé d'autre que le poste de directeur de cabinet de son ami Léontieff, président du gouvernement de la Polynésie française. Il y est resté un an. La victoire de Gaston Flosse sur Léontieff, en 1991, met un terme à cette « année sabbatique ». Au milieu des vahinés, l'avocat a senti le vent tourner.

En pleine affaire Maréchal, il a offert à Chirac ses ruses pour dégoupiller les torpilles du juge Halphen. Faire partir Schuller en cavale, c'est montrer à la France que le camp Balladur est celui des bandits, même si tous les personnages de cette tragédie burlesque sont peu ou prou impliqués dans la gestion des HLM de Paris et des Hauts-de-Seine sur laquelle enquêtent les juges.

« J'ai fait mourir Balladur » dira le fugitif.

Une exécution capitale, un coup de maître dont Francis Szpiner ne manque pas de se glorifier. De ce jour, l'avocat pénètre le saint des saints de la Chiraquie. Avec Dominique de Villepin, il fait office de bouclier contre les procédures. Le don Quichotte de la diplomatie et son Sancho Pança en robe noire forment un duo si burlesque que personne ne peut les soupçonner de tramer des complots assassins.

En campagne présidentielle, tous les coups sont permis. Et Pasqua est maître dans l'art des rumeurs qui tuent un adversaire. Mais, cette fois, la mairie de Paris canonne plus fort encore. Sous le regard narquois de Mitterrand, la maison gaulliste est en feu alors même que les deux « amis de trente ans » se combattent mortellement pour la conquête de l'Élysée. Durant ces longs mois qui voient chaque jour crépiter une nouvelle affaire à la une des journaux, le combat Chirac-Balladur atteint une intensité exceptionnelle.

Dans ce grand tournoi, chacun des deux candidats RPR, pris d'une fringale de probité, veut présenter au peuple un étendard plus blanc que blanc.

Balladur charge le juge Thierry Jean-Pierre de lui fournir quelques mesures destinées à lutter contre la corruption. Il nomme aussi une commission présidée par Simone Rozès. Cette grande figure du monde judiciaire qui a été première présidente de la Cour de cassation et avocate générale de la Cour européenne de justice doit lui écrire une loi. Dans le camp adverse, un groupe de députés est investi de la même mission par Philippe Séguin, président de l'Assemblée, devenu le héraut de Chirac. Le 24 novembre, il rend publiques dix-huit propositions, brûlant la politesse à Simone Rozès qui préconise le 2 décembre vingt-sept mesures.

Cette nouvelle loi doit être adoptée avant la fin de l'année 1994 pour entrer en vigueur dès la prochaine élection présidentielle.

Dans une espèce de folie collective, le Premier ministre Balladur décide, en toute urgence, de prolonger les séances des députés en session extraordinaire.

À la veille de Noël, l'Assemblée adopte un troisième texte qui verrouille les caisses des partis.

La corruption, ce vice qui souillait la démocratie, a disparu de la politique française.

Après les valises, les chèques des entreprises sont mis hors la loi. L'argent du contribuable doit suffire désormais à alimenter les campagnes électorales. Tout homme politique condamné pour détournement ou fraude sera rayé des listes électorales pendant cinq ans et verra son inéligibilité prolongée de cinq années supplémentaires. L'amendement 76 a été présenté le 13 décembre en fin d'après-midi par le ministre de l'Intérieur Pasqua qui commence à patauger dans l'affaire Schuller.

Devant cette guillotine, le délicat Balladur a eu un mouvement de recul : « L'Assemblée va se révolter. » Mais l'article révolutionnaire n'a pas provoqué un soupir. Pas même du ministre des Affaires étrangères Alain Juppé, absent à cette séance et à mille lieux d'imaginer que sa tête roulerait la première dans la sciure.

L'élection doit avoir lieu dans cent jours.

De l'argent, il en faut. Pour payer l'avalanche de factures, il n'y en a jamais assez. Et ce n'est pas un texte de loi qui peut juguler ces débordements enthousiastes et coûteux.

Comme son rival, Chirac a déjà engagé des dépenses faramineuses. Son état-major choisit entre les différents slogans proposés par les grandes agences de publicité, cadre, avec les meilleurs photographes, les clichés qui vont séduire l'électorat. Des locaux somptueux ont été loués avenue d'Iéna.

Dans le bureau 37, Louise-Yvonne est au cœur de l'événement. Depuis 1988, la Bretonne a pris du galon. Et elle est à son affaire. Elle négocie avec les imprimeurs, les fournisseurs de papier pour les affiches, les tracts et les brochures qui vont inonder les boîtes aux lettres pendant deux mois. Elle règle les innombrables déplacements, les locations de véhicules, les réservations de chambres d'hôtel en province. Un jour elle prend place dans l'avion du candidat avec deux journalistes, Catherine Nay et Paul Guilbert. Chirac lui parle de sa fille Claude qui a pris en main le repérage des salles de meeting et la mise en scène des apparitions en Technicolor de son père. Il lui dit : « Donnez-lui de bonnes voitures. »

Le champion n'est jamais meilleur que lorsque la campagne est organisée par des professionnels qui, à la dernière minute, n'hésitent pas à manipuler les ruineux sondages pour le faire passer en tête.

Et coup de théâtre au premier tour ! Voilà que Chirac devance Balladur et que Jospin est en premier !

Dans l'euphorie et l'angoisse de l'entre-deux tours, les dons affluent. Comment les refuser alors que les dépenses enflent encore ? « Dans une campagne, on a toujours l'impression que si on commande dix mille affiches de plus, on va gagner », dit Yves Cabana.

Depuis l'élection de Giscard en 1974, les présidentielles se jouent à l'américaine, à quelques milliers de voix près.

En huit jours, la Casetta organise, dans le parc de Bagatelle, un grand meeting de cent mille personnes. La pluie menace et il n'y a plus une tente disponible dans l'Hexagone. Elle les trouve en Allemagne. En quelques heures, elle fait imprimer cinq millions de tracts. L'énarque Stefanini, lieutenant de Juppé et d'habitude aussi glaçon que son patron, crie de sa voix de fausset : « Il m'en faut deux millions ! »

La victoire plonge dans l'ivresse les petits et grands artisans de la campagne. Les uns s'en vont à l'Élysée, les autres à Matignon. Juppé est nommé Premier ministre. Mais, comme son modèle Chirac, il entend garder la haute main sur le RPR dont il conserve la présidence par intérim.

Jean-François Mancel, son fondé de pouvoir rue de Lille, est le chéri de ces dames. Avec ses chemises anglaises, ses vestes à la mode et son sourire enjôleur, le nouveau secrétaire général les charme toutes. Louise-Yvonne a noué avec le président du conseil général de l'Oise une complicité qui remonte à huit ans.

Depuis cette époque, l'enfant du Roudourou a, elle aussi, accompli une trajectoire exemplaire. À cinquante-trois ans, elle a fait sa pelote. En 1991, à la veille de la guerre du Golfe, elle a réussi à vendre L'Écluse des Halles au groupe Accor pour près de six millions de francs. Une plus-value de cinq millions ! De quoi donner des vertiges à bien des juges d'instruction. Sans l'ombre d'une prémonition, elle a racheté, juste en face du Palais de Justice, un autre restaurant, Le Valençay. Elle a versé deux millions trois cent mille francs pour le droit au bail et elle paie à la mairie de Paris un loyer de soixante mille francs par an. Elle a constitué avec ses beaux-frères et son mari une société civile aussitôt baptisée Le Petit Palais.

Désormais rétribuée par le RPR, elle gagne près de quarante mille francs par mois : « Un salaire si élevé qu'il nous a posé problème. Nous avons dû le diviser en deux. La moitié à charge du RPR, la moitié payée par la société d'édition du parti, Étape », dira un de ses nombreux chefs au procès des emplois fictifs. Depuis sa première campagne présidentielle, en 1988, Louise-Yvonne a travaillé sous les ordres de trois trésoriers. Et côtoyé deux générations d'hommes politiques rongés par l'ambition d'être assis derrière un bureau en marqueterie dans un ministère. Des intermittents du parti alors qu'elle restait dans l'ombre et fidèle au poste, à la différence de Stefanini qui assurera au tribunal de Nanterre : « Je passais en coup de vent à l'heure du déjeuner. »

Maîtresse de la caisse, la Casetta prend goût au pouvoir. Depuis la loi de 1990, il a fallu régulariser bien des fiches de paie. Le nombre des salaires payés par le parti a grimpé de vingt-six en 1989 à cent quatre-vingt-sept en 1994. Et comme le nouveau directeur administratif et financier, Éric Woerth, est surtout soucieux de son fief de Chantilly, elle s'en occupe aussi. Les secrétaires passent par elle pour demander une augmentation. Avec son ton péremptoire, elle ne se prive pas de leur répondre : « Vu ce que vous travaillez, si c'était moi, je ne vous l'accorderais pas. »

Encore et toujours, elle serre la vis. Elle réduit le nombre des voitures, pointe les notes de frais, les bloque à la moindre anomalie. Un député veut emmener son épouse au dîner donné à Buckingham en l'honneur de Chirac. Elle refuse de payer le second billet d'avion. Il tempête. Elle lui tient tête : « Et d'ailleurs, lui lance-t-elle, vous feriez mieux de prendre l'Eurostar, cela coûterait moins cher. » Elle pourrait ajouter qu'il a de quoi assurer ses voyages. En plus de son indemnité parlementaire, il bénéficie de trois salaires fictifs payés par Bouygues, Coteba et SGPM, trois grands du bâtiment. Encore un qui a échappé aux fourches caudines de la justice ! Comment ? Pourquoi ? Pour elle, mystère !

Devant le tribunal de Nanterre, le trésorier Jacques Oudin fera l'éloge de son ancienne collaboratrice : « ... efficace, dévouée, à qui je n'ai jamais eu un seul reproche à adresser. » Il la présente comme l'unique personne sur laquelle il pouvait compter « dans le désert administratif » qu'était, selon lui, le RPR. Quant aux rentrées ou aux « retours » d'argent, Jacques Oudin répète imperturbablement : « Jamais une enveloppe donnée par une entreprise n'a franchi le seuil de mon bureau. » Louise-Yvonne est tout aussi catégorique.

9

La panique

Les juges n'en croient pas un mot. Ils soutiennent que la Casetta est dépositaire de tous les secrets du RPR. Elle a tout vu. Tout entendu. Elle connaît tous les chiffres des pots-de-vin, des détournements. Certains soutiennent qu'elle en aurait même « croqué ». Éric Halphen en est intimement convaincu. Il est prêt à tout pour le prouver.

Depuis plusieurs années, les juges italiens ont mené une opération Mains propres qui a fait d'eux des héros nationaux. Le juge Falcone y a laissé la vie. Le juge Di Pietro y a acquis la célébrité.

Un dimanche d'avril 1991, le juge Thierry Jean-Pierre est lui aussi devenu une vedette, le héros des braves gens et le bourreau des politiques en perquisitionnant Urbatechnic : « Quand j'ai parcouru les cahiers Delcroix où figuraient tous les chiffres des pots-de-vin, j'ai eu une sueur froide, déclare Thierry Jean-Pierre. Je me suis dit : Qu'est-ce que je fais ? Ou bien je referme ce livre de comptes et je ne peux plus me regarder dans la glace. Ou bien je fais mon boulot de juge. »

Comme pour les HLM de Paris, cette affaire d'État est le résultat d'une manœuvre de haute politique interne destinée à empêcher l'avocat socialiste Michel Pezet de briguer la succession de Gaston Defferre à la mairie de Marseille.

Les socialistes sont alors tout-puissants, à l'Élysée, au gouvernement, à l'Assemblée. Et ils ne craignent pas encore les juges. La perquisition du siège parisien de leur officine déclenche un séisme. Thierry Jean-Pierre n'a pas choisi par hasard un dimanche : « Les bureaux sont déserts. Le samedi, ils auraient été pleins et je n'aurais pas pu faire un pas. » Quarante policiers en civil l'attendent quand même rue de Rochechouart. Ces gros bras n'ont aucun mal à neutraliser leurs six confrères venus du Mans avec le petit juge abandonné seul avec sa greffière devant la porte fermée d'Urbatechnic.

Chaque minute de cette journée reste gravée dans sa mémoire : « Il n'y a pas encore de portable et je dois aller téléphoner dans un café, avec un jeton, pour réquisitionner un serrurier de permanence. Je pars à la recherche de deux témoins comme la loi m'y oblige. Je trouve un Libanais fraîchement naturalisé et un avocat gauchiste ravi d'être pour une fois de l'autre côté de la barrière. On force la serrure. J'en fais aussitôt replacer une pour travailler à l'intérieur en toute tranquillité. Dans les bureaux, je trouve de grands sacs-poubelles pleins. Ils avaient broyé toute la nuit. Il ne restait qu'une armoire à demi vide sur laquelle j'ai apposé les scellés. Le fax se met à crépiter. C'est mon ordonnance de dessaisissement qui sort en boucle et dont je prends connaissance devant mes témoins plus morts que vifs. »

Dès sa réunion, le mardi suivant, l'Assemblée nationale prend feu. Au nom de l'opposition, Jacques Toubon accuse le garde des Sceaux d'avoir « entravé l'action d'un magistrat pour empêcher que la vérité se fasse sur les agissements du parti au pouvoir ». En l'absence d'Henri Nallet, opportunément retenu en province, son ministre délégué, l'avocat Georges Kiejman, se défend d'avoir donné une quelconque instruction au parquet du Mans et dénonce le « cambriolage judiciaire » du juge Jean-Pierre. Dans un vacarme épouvantable, l'opposition dépose une motion de censure.

Le Premier ministre Michel Rocard déclare à la tribune de l'Assemblée : « Il y a eu des illégalités, nous le savons tous et nous devons le dire aux Français. »

Le 14 janvier 1992, c'est au tour du juge Van Ruymbeke de s'inviter à l'improviste au siège du PS, rue de Solférino, le jour même où Laurent Fabius prend ses fonctions de premier secrétaire.

La justice vient d'ouvrir la première brèche dans un sanctuaire politique.

L'affaire Urba sera partiellement classée par le garde des Sceaux, Henri Nallet. Seuls seront jugés et lourdement condamnés des chefs d'entreprise et une douzaine de lampistes, dont le candide Gérard Monate.

Pour préserver son trésorier, Henri Emmanuelli, le Parti socialiste l'a fait élire immédiatement président de l'Assemblée nationale afin que du haut de son perchoir il tienne la justice en respect. Peine perdue, le 2 mars 1995, il comparaît devant le tribunal de Saint-Brieuc pour trafic d'influence. Entre-temps, il est devenu premier secrétaire du parti. Le 15 mai, huit jours après l'élection de Chirac, les juges le condamnent à un an de prison avec sursis et deux ans d'inéligibilité. Il fait aussitôt appel. Rejugé le 11 décembre à Rennes, il est condamné plus lourdement encore. Son pourvoi en cassation est rejeté. Le Parti socialiste crie à l'outrage et lance une pétition nationale. Les camarades compatissants allouent au bouc émissaire un traitement équivalant à son indemnité de député et une voiture de fonction.

Par une sorte de réflexe de défense et pour affirmer leur indépendance, les juges placent alors le RPR dans la lunette de leurs fusils.

À peine Chirac a-t-il le temps de savourer sa victoire et de passer en revue la garde républicaine de l'Élysée qu'éclate l'affaire de l'appartement d'Alain Juppé. « Droit dans ses bottes », le nouveau Premier ministre tente de résister à l'ouragan médiatique. Maladroitement...

La chasse aux chiraquiens est ouverte. Elle va occuper tout le septennat. Et même au-delà...

Le 3 juillet 1995, c'est Pearl Harbor ! Le juge Halphen sonne à la porte du RPR, rue de Lille, à deux pas du Palais-Bourbon. Cette fois, c'est la révolution à droite. Devant la porte verte du bel immeuble haussmannien, les journalistes sont tenus à l'écart par un triple cordon de policiers.

Depuis qu'Éric Halphen fait la une des journaux, la France suit avec passion ses sorties toujours mises en scène dans un grand déploiement de voitures, de caméras et d'uniformes. Dès qu'il tombe du ciel, le monde politique tremble. La presse parle d'ailleurs du « terrible » juge Halphen. À le voir pourtant, éternel étudiant au front dégarni et aux petites lunettes cerclées d'acier, on se croirait en présence d'un fonctionnaire oisif dans une pièce de Tchekhov. Sa voix est douce et il ponctue chacune de ses phrases d'un petit rire comme pour s'excuser du trop d'importance qu'on lui prête.

Il est né à Versailles et a grandi dans une rue de jolis pavillons en pierre meulière construits en série au temps du Front populaire par un aïeul architecte. Ses deux parents journalistes l'ont élevé dans le culte des droits de l'homme et une idéologie de gauche libérale et bourgeoise. Il aime le foot et encore plus écrire des romans policiers dans lesquels on pourrait croire qu'il joue le rôle du justicier.

Dès la première minute de son enquête, il a été cornaqué par un policier comme on en voit dans les films. Toujours mal coiffé, George Poirrier porte des gilets de laine sans manches sur une chemise fatiguée. Mais ses collègues l'appellent Facturator, car il sait faire dire aux chiffres des vérités inavouables. Poirrier, c'est l'as de la rue du Château-des-Rentiers où se dressent les huit étages de la brigade financière.

L'affaire Schuller, dans laquelle son beau-père, Jean-Pierre Maréchal, a tenu le rôle du malfrat, a bien failli coûter sa carrière au petit juge de Créteil. Mais l'intervention de Mitterrand, le soutien de la presse et de l'opinion publique ont cicatrisé ses blessures d'amour-propre. On ne lui a retiré qu'une partie de son dossier, celle qui concerne les Hauts-de-Seine. Il a conservé les HLM de Paris, mamelles de la Chiraquie.

En plein juillet, le juge débarque dans une maison quasi désertée où il est pourtant attendu. À la réception, on a posté la secrétaire du trésorier qui est aussi la femme du chauffeur de Chirac. Elle indique tout de suite au quatrième étage le bureau de « Mme Grave », directrice de cabinet du secrétaire général, Jean-François Mancel.

Dans les agendas de Méry, les initiales de Louise-Yvonne Casetta apparaissent à plusieurs reprises. Mais à l'étage au-dessus, celui de la trésorerie, les pièces sont vides, comme ravagées par une tornade blanche : « Au secrétariat de la comptabilité, les armoires n'ont aucun secret pour moi, raconte Halphen dans son livre*, et pour cause. Tous les dossiers se sont envolés. Ne restent que les berceaux suspendus, qui, la veille encore, les contenaient. L'agenda est lui aussi en version "allégée". La semaine en cours est orpheline. Toutes les pages précédentes ont été arrachées. » Le coffre est fermé. Il y appose des scellés.

Quand il demande où est Mme Casetta, on lui répond qu'elle est en vacances, injoignable. Éric Halphen s'en va perquisitionner chez elle. Au juge, incrédule, Sylvain Casetta affirme qu'il ne sait où se trouve sa femme.

Quelques jours plus tôt, Louise-Yvonne s'est

* *Sept Ans de solitude*, Denoël, Paris, 2002.

réfugiée dans son cocon familial des Côtes-d'Armor. Là-bas, loin du coupe-gorge de la politique, sa mère, ses frères et sœurs forment comme un bouclier de granit. Et s'ils l'interrogent sur les péripéties politico-judiciaires visant le président de la République, elle élude : « Je préfère ne rien vous dire pour que, si on vous pose des questions, vous ne puissiez rien répondre. »

Dès qu'elle a eu vent de la perquisition, elle a quitté Guingamp sans laisser d'adresse pour ne pas compromettre sa famille. Elle ne sort pas des grandes écoles. La justice est pour elle un monde étranger et terrifiant. Mais en fuyant, on plaide déjà coupable. Schuller en sait quelque chose.

Sur les conseils de Mancel, c'est elle qui rappelle le juge. Première escarmouche : il veut savoir où il peut la joindre. Mais elle appelle d'une cabine. Il insiste : « Il y a partout un téléphone. » Elle tient bon.

Elle rentre rue de Lille pour la seconde perquisition, quatre jours après la première. Selon lui, elle a éclaté en sanglots dans son bureau, en ouvrant le coffre, qui était d'ailleurs vide. Selon elle, c'est lui qui a perdu son sang-froid en découvrant que même dans les archives de la cave il n'y avait aucun indice susceptible d'alimenter son instruction.

Il est vrai qu'elle a la larme facile quand elle parle de cet « événement » médiatique dont elle est devenue l'héroïne à son corps défendant. Pourquoi est-ce elle qui a dû rappeler le juge ? Pourquoi elle et non ses supérieurs hiérarchiques, le directeur administratif et financier, Éric Woerth, le trésorier, Jacques Oudin, le secrétaire général, Jean-François Mancel, le président, Alain Juppé ? Pourquoi porte-t-elle seule le chapeau, un chapeau trop grand pour elle ?

Alors que les hommes politiques ont tous leur avocat, elle n'en connaît pas. Le parti gaulliste la jette dans les manches de son cabinet de conseil, Gide, Loyrette, Nouel, un des plus importants de Paris. Elle s'y rend cours Albert-Ier. Une avocate lui administre une formation accélérée qui pourrait s'intituler « Comment échapper aux pièges d'une instruction judiciaire » : se débarrasser de ses carnets personnels, ne jamais arriver dans le bureau du juge avec un dossier ou un agenda, toujours parler de la hiérarchie en termes flous et surtout ne citer aucune date, aucun lieu, aucun nom.

Mais dans ces luxueux bureaux donnant sur la Seine et grouillant d'avocats trop curieux, la Bretonne a le vague pressentiment de se jeter dans la gueule du loup. Le silence et la pénombre du petit hôtel particulier de Jacques Vergès lui offriront un meilleur confessionnal. Au fond de sa tanière, meublée de tapisseries, de sculptures africaines et khmères, le grand fauve du barreau a l'art d'écouter : « Moi, j'aime mes clients. » Avec lui, elle se sent enfin protégée, en confiance et pour ainsi dire maternée.

« Pour exercer le métier de trésorier, il faudrait avoir suivi des études de droit très poussées » dit Jean-Pierre Thomas. Ce n'est pas le cas non plus de ce fils d'instituteurs des Vosges. Après des études d'économie à Nancy, l'étudiant volubile, joyeux et enthousiaste a été attiré dans les filets de la politique par l'astre Giscard. D'abord militant en Lorraine, il s'est, comme Louise-Yvonne, fait remarquer par son sens pratique. De l'organisation des meetings, il est passé pour son malheur à la trésorerie du PR, rival parfois détesté du RPR, mais souvent son allié dans les ténébreuses affaires de finances. Le gros Méry a plusieurs fois inscrit le nom de Thomas dans ses agendas.

Le 25 juillet 1995, quelques jours après ses visites rue de Lille, l'inévitable juge Halphen déboule dans ses bureaux rue de Villersexel. Cette fois la perquisition est fructueuse. Dans le coffre-fort s'entassent près de deux millions et demi de francs en liasses toute neuves.

Jean-Pierre Thomas échappera au procès en expliquant que cette pile de billets est un reliquat des fonds secrets fournis au PR par le Premier ministre Balladur, candidat à l'élection présidentielle. La somme devait servir à la campagne du second tour dont – hélas ! – son champion a été privé.

Le gardien des caisses du PR est bien résolu à ne pas jouer les vierges martyres. « Le parti m'a aussitôt confié au cabinet du bâtonnier Farthouat. J'ai préféré un autre bâtonnier, Bernard du Granrut. Je voulais conserver mon indépendance. » C'est qu'il commence à avoir une certaine expérience de la machine judiciaire. Deux années plus tôt, alors qu'il n'était pas encore député mais déjà trésorier en titre de son parti, il a fait à deux reprises le voyage de Rennes, convoqué par le juge Van Ruymbeke.

Le magistrat voulait entendre Jean-Pierre Thomas sur la caisse qu'il présumait noire du PR, des valises de billets « particulièrement suspectes » et un pot-de-vin supposé de quatre millions et demi de francs versé par la société Pont-à-Mousson à un de ces intermédiaires itinérants qui gravitent à la périphérie des partis politiques : « Je n'étais même pas encore au parti ! » s'écrie Thomas.

Van Ruymbeke soupçonnait aussi une régie publicitaire de servir de pompe à finances au PR. Le trésorier ne s'est pas démonté. Il a invoqué la « déontologie » pour ne pas livrer les noms des entreprises mécènes du parti. À toutes les questions du magistrat, il a répondu qu'il était aux ordres d'un comité financier composé de Gérard Longuet, François Léotard et Alain Madelin. Au siège du parti, rue de Constantine, certains se rappellent avoir vu une dizaine d'attachés-cases en cuir empilés dans un coin, neufs et tous identiques, comme on en voit dans les films noirs pour le transport du butin.

Thomas s'en tiendra toujours à cette défense : « Pour tous détails et précisions, voyez mes chefs. » Les chefs, eux, en particulier Gérard Longuet, président du PR après en avoir été le trésorier, continueront obstinément à répondre que tout ce qui touche de près ou de loin à l'argent, c'est l'affaire de Thomas : « Le directeur de cabinet de Longuet, Renaud Donnedieu de Vabres, précisera même dans un communiqué que c'était moi qui signais les chèques » dit le bouc émissaire.

Les réunions internes sont orageuses et se terminent toujours par ce rappel brutal : « On t'a nommé là pour ça ! » Un témoin raconte : « Thomas a toujours eu une peur quasi physique de Longuet et il n'était pas le seul. » Le président du PR, comme son rival Alain Madelin, garde de sa jeunesse militante à l'extrême droite un comportement d'homme de main habitué à manier la matraque.

En pleine campagne présidentielle, le 6 janvier 1995, la juge parisienne Mireille Filippini qui a hérité du dossier de Van Ruymbeke a mis en examen le trésorier du PR. La loi Balladur anticorruption a été votée dix jours plus tôt, la veille de Noël. La juge a attendu les vacances parlementaires pour ne pas devoir demander la levée de l'immunité de Thomas au bureau de l'Assemblée nationale. Pour se défendre, le jeune député des Vosges n'envisage qu'une solution : prendre à témoin la France entière de son innocence au journal de 20 heures : « C'était ça où j'étais mort, enterré vivant dans un cul-de-basse-fosse. » TF1 refuse de le recevoir. Mais il passe sur France 2. Quatre minutes pour expliquer que les chapiteaux, les meetings, les avions, jusqu'à la nouvelle loi, c'étaient « évidemment » les entreprises qui les payaient. La main sur le cœur et le feu dans la gorge, il affirme qu'il n'a « jamais réalisé la moindre opération sur des comptes à l'étranger ». Il termine sa prestation en ajoutant : « Je veux croire que mes amis seront solidaires. » Quand il rentre chez lui, il trouve sur son répondeur les messages de « tous » ses amis : « Jean-Pierre, bien sûr, nous sommes avec toi. »

Quelques jours plus tard, il récidive. Cette fois-ci sur TF1. Une interview en direct d'Épinal avec Claire Chazal, dans un studio prêté par le député maire RPR Philippe Séguin. Une nouvelle fois, il refuse de porter le chapeau et clame son innocence : « Je ne serai pas le mouton expiatoire du PR. » Séguin lui a soufflé la formule.

C'est le début d'une haine mortelle entre Longuet et lui. Les deux Lorrains s'accusant mutuellement d'avoir englouti leur destin politique dans ce marécage de financements gris et noirs qui neuf ans plus tard n'ont toujours pas été tirés au clair.

Aujourd'hui encore, le Vosgien, qui a quitté la politique pour la banque, ne cesse de se demander par quel étrange concours de circonstances le juge a fait son apparition le jour même où son coffre était plein : « C'était loin d'être toujours le cas ! » Seule certitude, dans ces aléas judiciaires, plus encore que de ses ennemis, il faut se méfier de ses amis qui ont vite fait de vous refiler la patate chaude !

Louise-Yvonne apprend, elle aussi, à ses dépens combien les hommes politiques sont cruels et lâches lorsque leur position est en jeu. Désormais, elle est exposée seule sur le devant de la scène. Après la perquisition rue de Lille, elle a subi sa première garde à vue, l'humiliation de la cage de la rue du Château-des-Rentiers, l'interrogatoire de « Facturator » Poirrier, celui moins rude mais plus impressionnant du juge Halphen.

Elle a tenu bon. Elle n'est pas mise en examen. Elle retrouve son bureau au cinquième étage de la rue de Lille.

À l'Élysée, la fête dure depuis deux mois. Les compagnons du RPR n'ont pas encore épuisé les joies de la victoire de leur camp, une victoire dont elle a, plus qu'une autre, pris sa part.

Une semaine plus tard, a lieu la garden-party du 14 juillet. Chirac et ses hommes sont encore rayonnants d'une conquête attendue depuis quinze ans. Dans l'ivresse de leur retour aux affaires, les nouveaux princes qui gouvernent la France se croient désormais immunisés contre les procédures.

Radieux, le président de la République serre les mains du ban et de l'arrière-ban de la famille gaulliste. Sur la pelouse, les buffets couverts de spécialités bourguignonnes ou périgourdines sont pris d'assaut. Les ministres trinquent avec les colleurs d'affiches. Les élus de Paris avec les hauts fonctionnaires de l'Hôtel de Ville.

La Casetta, elle, n'a pas reçu son carton d'invitation. Elle est devenue le « mouton noir », ou plutôt la brebis galeuse.

10

Le trop médiatique juge Halphen

Personne alors, dans la classe politique, n'ose imaginer que les juges, après s'être exclusivement acharnés contre le maillon faible, pourraient remonter jusqu'au président de la République.

Dès son second septennat, Mitterrand, malade, retranché à l'Élysée, a pourtant pressenti le péril quand Thierry Jean-Pierre, après l'affaire Urba, enquêtait sur les placements de son ami Patrice Pelat, mort trois ans plus tôt. Il avait donné l'ordre aux gardes républicains de refouler le juge s'il se présentait aux portes du « château ».

Dans le cœur des Français, Éric Halphen a pris la place de la bête noire des socialistes. Les pressions et les menaces l'ont transformé en héros. Par une volte-face inédite, c'est au petit juge de Créteil que va la compassion nationale. Toute la gauche le soutient. Une nébuleuse socialo-libertaire englobant des journalistes, des avocats, des politiques, l'accompagne. Et l'extrême droite applaudit en scandant son slogan : « Tous pourris. »

Désormais, le magistrat est épié tant dans sa vie

privée que dans l'exercice de ses fonctions. On le photographie au téléobjectif alors qu'il passe ses vacances aux Antilles avec une journaliste du *Figaro*. Chaque fois qu'il se rend à un match de foot, il retrouve sur son pare-brise des petits mots d'avertissement. La présidente du tribunal de Créteil lui propose sa voiture de fonction pour mieux assurer sa sécurité : « Pour la première fois, j'ai peur. Ce sentiment glacial, poisseux s'insinue dans ma vie. Un sentiment qui se nourrit du moindre mot, geste ou détail parfois insignifiant. »

Devenu star, Halphen se croit l'homme à abattre.

Enfin, il a entre les mains les trois piliers du financement du RPR : Méry, Roussin, Pérol.

Dès que l'un deux prononcera le nom de Chirac, il tiendra le bout du fil rouge qui le mènera aux lambris dorés du premier étage de l'Élysée.

Malade, atteint d'une hépatite aiguë qui se révélera être un cancer, le gros argentier du RPR a demandé à maintes reprises l'autorisation de sortir de prison pour se faire soigner dans un établissement approprié. Mais, inflexible, Halphen le fait moisir à la Santé six mois, le maximum autorisé par la loi. Tout au long de la campagne présidentielle il ne le tire de sa cellule que dans l'espoir de le faire parler : « Je l'ai peut-être convoqué vingt-cinq fois, il n'a jamais rien dit, juste lâché quelques noms sans importance. »

Avec Michel Roussin, le « shérif » se heurte également depuis des semaines à un mur de dénégations et de silences qui n'offre aucune prise : « Il est lisse » constate Halphen, amèrement. Sur ses carnets, Méry a pourtant mentionné deux douzaines de rencontres avec M. R. entre 1990 et 1992. Mais à chaque question, l'ancien officier de gendarmerie, devenu préfet puis ministre, répond d'une voix carrée : « Comment pouvez-vous imaginer qu'un grand commis de l'État puisse se livrer à de si douteuses pratiques ? »

Face au magistrat, Georges Pérol se montre aussi peu coopératif que Roussin. Après l'avoir mis en examen, l'enquêteur perpétuel a fait une descente en Corrèze dans un grand déploiement d'uniformes. Il veut vérifier le financement du Centre d'art contemporain de Meymac dont l'ami de Chirac est le maire : « J'avais en effet constaté que des entreprises bénéficiaires de l'OPAC avaient subventionné ce centre artistique. Ma perquisition devait établir la liste des bienfaiteurs. » Mais, du haut de ses soixante-dix ans, le grand distributeur des marchés des HLM répond au magistrat avec la même autorité méprisante dont il use avec ses collaborateurs. Il n'a rien à dire non plus sur Méry. Il n'a même pas remarqué que ce « bienfaiteur » de la Chiraquie menait un train de vie fastueux. Ils ont beau avoir conçu ensemble le projet de loi Méhaignerie sur les logements sociaux, c'est à peine s'il l'a reçu dans son bureau : « Méry est venu me voir en tout et pour tout trois fois à l'OPAC en dix ans et je pense qu'il n'est même jamais monté dans ma voiture. »

Pendant ces mois décisifs du printemps 1995, tels deux mamelouks, Roussin et Pérol défendent, sans ciller, la porte du candidat Chirac.

Le 17 mai, Mitterrand quitte l'Élysée.

Le 22 mai, le juge, coup sur coup, interpelle François Ciolina, directeur adjoint de l'Office des HLM de Paris, et met de nouveau en examen son patron et ennemi juré George Pérol.

Deux jours plus tard, le protégé du chef de l'État est entendu à Créteil. Sa déclaration tient en cinq lignes : « Je tiens à dire, d'une part, que je n'ai jamais touché un centime ni de M. Méry ni des sociétés attributaires de l'OPAC ; d'autre part, que je n'ai jamais demandé à ces mêmes sociétés ou à M. Méry de subventionner l'Association d'art contemporain de Meymac. Je n'ai donc à mon avis commis aucun trafic d'influence. »

Pourquoi le juge se contente-t-il d'une déclaration aussi lapidaire ? Un avocat qui suit le dossier avoue sa surprise : « Si, ce jour-là, Halphen avait mis Pérol en prison, le système explosait. »

Tel était l'espoir de tous ceux qui veulent lui conférer la plaque de « grand shérif » de la République. Mais le rôle n'est-il pas trop lourd pour lui ? A-t-on appris à Halphen l'art de la « question » ? Un des avocats de Méry en doute : « Lors des auditions, le juge était plus bavard que ses “clients”. »

Dans son dossier, Éric Halphen n'a toujours rien.

Le 3 juillet, il a encore fait chou blanc au siège du RPR.

C'est alors qu'il reçoit un appel providentiel. L'homme a été coursier au staff de Chirac pendant la campagne présidentielle. Le 28 juin, il a été roué de coups, rue Monsieur, par « trois individus en costume-cravate », dit-il. Didier Delaporte affirme qu'on lui en veut parce qu'il détient les secrets du financement du RPR. Ce témoin complaisant soigne ses blessures dans une chambre de l'hôpital psychiatrique Sainte-Anne. Nullement intrigué par ce gros point de détail, le juge se rend, le 5 juillet, chez les malades mentaux. La pêche cette fois est miraculeuse comme le relate, dans *Libération*, l'interview de ce témoin tombé du ciel : « Le bureau 37 de Louise-Yvonne Casetta était un vrai bunker... L'argent liquide partait de l'avenue d'Iéna dans la voiture de Casetta, une 205 Green blanche immatriculée 448 JH 75. Michel N., un employé du siège, la conduisait le plus souvent. Il allait rue de Lille, dans le bureau du comptable puis repartait à la banque Rivaud parfois accompagné d'une R21 en protection... Quand Chirac est remonté dans les sondages, les sponsors se sont faits plus nombreux. Et les piles d'argent sont arrivées. Certains montaient au bureau 37 avec des mallettes menottées à la main. J'ai vu Guy Dejouany, le PDG de la Compagnie générale des eaux, monter lui aussi voir Casetta. » Delaporte a lui-même ouvert une enveloppe qu'il devait déposer dans une agence de communication Square Productions. Dedans, il a découvert deux cent cinquante mille francs en liquide : « La preuve que les comptes de campagne ont été trafiqués... Méry faisait tomber l'argent, Casetta le plaçait... Jacques Chirac ne sait pas s'entourer. »

L'homme-qui-a-tout-vu prétend aussi avoir fait partie, en 1993, de l'équipe de Michel Roussin, candidat victorieux à la députation dans le VIIIe arrondissement de Paris.

Qui est derrière ce prolixe porteur de plis ? Louise-Yvonne ne sait plus qui le lui a recommandé. Delaporte était sans emploi. Avec son flair paysan, elle a trouvé ses vestes trop à la mode pour un chômeur. Sa méfiance a redoublé quand ce motard très curieux mettait le pied dans sa porte lorsqu'elle lui refusait l'accès de son bureau. Avec insistance, il lui réclamait une voiture. Elle n'allait tout de même pas donner un véhicule à chaque coursier !

Ce témoignage, Halphen n'aurait pas osé l'imaginer dans un de ses romans policiers. Le voilà pourtant lancé sur les différentes pistes indiquées par Delaporte : Square Productions et la banque Rivaud.

Quant à la Casetta, elle est sacrée du jour au lendemain, par les médias, « banquière occulte du RPR ».

Mais toujours rien dans le dossier...

Jacques Vergès est obligé de demander lui-même la mise en examen de sa cliente pour y avoir accès.

Heureusement pour le juge, une lettre de dénonciation arrive à point nommé sur son bureau. Jean-Paul Morat l'a écrite le 11 juillet 1995 encore tout impressionné par le battage de la presse sur Louise-Yvonne. Cet ancien chef comptable de l'entreprise Les Charpentiers de Paris a été licencié en 1993 à la suite d'une affaire de fausses factures pour laquelle son directeur a été écroué. Il accuse aujourd'hui ses anciens patrons d'avoir pris en charge, alors qu'il était en fonction, les emplois fictifs de deux secrétaires du RPR, Mme Derbak et Mme Duval : « La mise au jour par la presse des affaires dont vous êtes saisi actuellement dans le cadre du financement occulte de certains partis politiques m'amène à vous écrire [...] pour vous signaler à propos de Mme Casetta, largement évoquée dans la presse [...] c'est avec elle que furent pris les accords pour la rémunération de personnes ne travaillant pas dans l'entreprise parce que membres de son parti [...] Ce n'est qu'animé par le désir d'apporter ma pierre à l'œuvre de justice que vous avez entreprise que je m'adresse à vous. Puissé-je, quant à moi, rester une des dernières victimes indirectes et méconnues de ce genre d'affaires. Quelle que soit la suite que vous jugerez bon de donner à mon courrier, je m'en remets à vous en ce qui concerne ma propre sécurité. »

Cette lettre rédigée en mauvais français est la pièce à conviction qui conduira au retentissant procès des emplois fictifs.

Le temps qu'Éric Halphen se fasse confirmer cette délation par les responsables des Charpentiers de Paris, le garde des Sceaux, Jacques Toubon, chien de garde de Chirac, a déjà dressé l'oreille. Pas question de laisser l'imprévisible juge avancer sur une piste qui peut le conduire au sommet de l'État.

Dès octobre, le procureur de Créteil, Michel Barrau, transmet prestement le dossier brûlant à son collègue de Nanterre, Yves Bot. « Saucissonner » l'affaire est le meilleur moyen de gagner du temps. Beaucoup de temps. Louise-Yvonne sera mise en examen sur ce dossier le 10 mars 1997. Et Alain Juppé seulement dix-huit mois plus tard. Quant au procès, son instruction ne traînera pas moins de huit ans. Toubon a réussi à priver la justice d'un regard d'ensemble sur les différents canaux du financement du RPR mis au jour par les différentes affaires.

Éric Halphen, dessaisi des emplois fictifs, n'est pas pour autant démuni. Il conserve l'instruction des HLM de Paris.

Devant les avocats dont il auditionne les clients, il se proclame l'élève et le disciple du juge Van Ruymbeke. Il compare sa façon de mener une enquête à l'étoile provoquée par un caillou dans un pare-brise avec des éclats dans toutes les directions mais limités par des cercles concentriques.

Hélas ! Ni Méry, ni Roussin, ni Louise-Yvonne n'ont encore prononcé le nom qu'il ne désespère pas d'entendre un jour. Celui de Chirac, l'épicentre de ses fameux cercles.

Halphen s'attaque alors à un autre fidèle parmi les fidèles, Robert Pandraud, président du groupe RPR au conseil régional d'Ile-de-France. Avant d'être ministre de la Sécurité dans le gouvernement Chirac, cet Auvergnat bourru à l'accent rocailleux a été directeur de cabinet du maire de Paris de 1983 à 1986. Il est mis en examen pour avoir octroyé un salaire fictif à son homme de confiance, Rémi Halbwax, un ancien syndicaliste de droite de la police. Dans la galaxie HLM, Pandraud, alias Bob, se sent moins proche de Pérol que de Ciolina. Comme ce dernier, il ne peut que se féliciter d'avoir choisi un avocat socialiste pour le défendre. Grâce à une erreur de procédure, Jean-Pierre Mignard obtiendra son non-lieu.

Le shérif - qui - inculpe - plus - vite - que - son - ombre

remet son grand chapeau. Dans ses carnets, Jean-Claude Méry a noté plusieurs rendez-vous avec les frères Sananès, grands distributeurs des constructions de lycées en Ile-de-France. Il décide de faire une apparition au conseil régional où une autre dame intrépide se fait, elle, un devoir de parler.

11

Une autre dame

Au RPR, les femmes ne comptent pas. Lorsque Claude-Annick Tissot, conseillère régionale d'Ile-de-France, demande le poste de présidente de la commission des marchés, elle s'entend répondre par le président du groupe, Robert Pandraud : « Une nénette dans un exécutif, c'est pas l'idéal. »

En 1994, elle a quarante-cinq ans. Ses cheveux bruns coupés au carré, ses tailleurs bleu marine donnent à cette jolie fille des allures d'étudiante.

Militante depuis toujours, elle a commencé sa carrière du temps de Chaban, avec René Tomasini alors secrétaire d'État aux Relations avec le Parlement. Puis elle a rencontré Alain Devaquet. Elle est devenue son assistante parlementaire et son chef de cabinet lorsqu'il a été nommé, par Jacques Chirac, ministre de la Recherche et des Universités en 1986. Ensemble, ils ont deux enfants. Élue en 1989 conseillère de Paris dans le XIe arrondissement, Claude-Annick est préposée aux affaires sociales. En 1992, elle fait son entrée au conseil régional d'Ile-de-France. Des femmes, il n'y en a pas beaucoup. Elles sont deux pour le RPR. L'autre, Marie-Thérèse Hermange, préside alors la commission des marchés.

Cette commission est une formidable pompe à fric. Avec un bureau d'études genre Urba, Patrimoine-Ingénierie, qui sélectionne les entreprises du BTP, de chauffe, de nettoyage, de peinture... et fait rentrer les commissions astronomiques. Les deux frères Sananès sont à la tête de cette officine qui rafle 80 % des marchés. Comme Méry, ils n'ont besoin dans leur bureau que d'un téléphone et d'une secrétaire. Et comme le monde est petit, on retrouve parmi les actionnaires de Patrimoine-Ingénierie, la CEP, une société de communication et de publicité présidée par l'omniprésent trésorier du RPR, Robert Galley, l'homme de toutes les bonnes actions.

Depuis quand prospère leur boutique ? Le directeur général des services de la région, Pierre Pommelet, polytechnicien et ingénieur des Ponts et Chaussées, expliquera aux juges qu'il en a parlé avec son président fin 1992 : « Michel Giraud m'a répondu qu'il héritait d'un système mis en place par la mairie de Paris en 1989. »

C'est que, depuis la décentralisation de 1986, les conseillers, élus au suffrage universel, ont de nouvelles compétences. En premier lieu, les lycées. Il y en a près de quatre cent soixante-dix en Ile-de-France. On en rénove ou on en construit une cinquantaine par an. Un marché énorme de plus de trois milliards de francs. Pour faire face à ces chantiers astronomiques, l'inspecteur des finances Jean-Pierre Fourcade, premier vice-président de la région, a eu une idée magique : faire préfinancer les coûts de rénovation ou de construction d'un lycée par une entreprise et y joindre un contrat d'entretien de dix ans. La région règle à l'entreprise les factures par des loyers annuels. Mais ces annuités lient le conseil d'Ile-de-France aux gros du bâtiment par un pacte indissoluble et juteux. Car avec ce système baptisé METP, Marché d'entreprise des travaux publics, toutes les dérives sont possibles. À commencer par l'élimination des petits, incapables d'avancer les fonds.

Gérard Peybernès ne s'en cache pas : « Les six ou sept grandes entreprises du secteur qui contrôlent 60 % du marché ne veulent pas voir jouer la concurrence qui fait baisser les prix. Sicra, filiale de la Générale des Eaux, Dumez, filiale de la Lyonnaise des Eaux, Bouygues, GTM, Nord-France, Chagnaud, Fougerolles... ont l'habitude de s'entendre. Avant l'ouverture des plis, elles se donnent les moyens de faire gagner celui qui a le meilleur dossier : c'est ton tour maintenant ; celui-là, c'est pour toi. Le tout avec le minimum de risques ». Dans le jargon du bâtiment, on appelle « tourniquet » ce tour de passe-passe.

Comme un juge de paix, Patrimoine-Ingénierie se contente d'arbitrer la bonne division du butin, sous l'onction du rusé président Giraud baptisé lui-même « le père de la région ». Pour ne pas insulter l'avenir, les patrons sont généreux avec la droite comme avec la gauche. Surtout en ces temps d'alternance accélérée. Tous les partis ont un morceau du gâteau, sauf le Front national jugé infréquentable. Les élus d'extrême droite relayés par une poignée d'écolos, absents du festin, ont déclaré la guerre à la « bande des quatre ». Ils ne cessent de dénoncer ces marchés truqués d'Ile-de-France.

Michel Giraud, devenu ministre du Travail de Balladur, n'est plus qu'un courant d'air. Mais quand il préside, les insultes fusent en séance plénière. Il flotte comme une odeur de poudre dans l'hémicycle. La commission d'appels d'offres chargée de sélectionner les entreprises et sa présidente Hermange sont ouvertement accusées de détournements, de corruption, de vols : « Pas une seule séance sans que Marie-Thérèse se mette à pleurer » dit Claude-Annick. La presse se délecte...

Au printemps 1994, la pauvre présidente trouve un siège plus confortable au Parlement européen. Dans un soupir de soulagement, elle nettoie son bureau de tous les dossiers compromettants.

Avec la bénédiction de Chirac, la petite Tissot prend sa place. Pandraud a finalement changé d'avis : « Une femme pour porter le chapeau à la commission des marchés, c'est peut-être le secret de notre tranquillité. » Pour une fois, l'ancien directeur général de la police a manqué de flair.

Claude-Annick est une *pasionaria* de l'argent public. Elle appartient à une famille de soyeux lyonnais où les sujets financiers ne sont pas tabous. Et quand on a une responsabilité, il faut s'en montrer digne. Elle s'est lancée dans la politique dès sa sortie de Sciences-Po par conviction : « On est élu pour préparer l'avenir de nos enfants », dit-elle avec une flamme dans ses grands yeux noirs.

À peine assise dans son bureau de présidente, elle fait équipe avec le nouveau directeur des affaires juridiques, Didier Selles. À trente-six ans, cet énarque a déjà derrière lui deux années passées aux Nations unies et une à Washington à la Banque mondiale. Il n'entend pas gâcher une carrière si prometteuse en fermant les yeux sur des magouilles politico-financières : « La première année, je me suis dit : ils font n'importe quoi. Cela peut s'expliquer parce qu'ils viennent de récupérer la compétence des lycées. Ils ne respectent pas les procédures par souci d'aller vite. » Les mois suivants, il s'étonne : « Jamais le préfet ne s'autorise la moindre observation sur les centaines de marchés publics attribués chaque année, jamais le bureau d'études Patrimoine-Ingénierie ne signale la moindre entorse aux règles, jamais les entreprises n'assignent la région en contentieux. » Bientôt il est pris de sueurs froides chaque fois qu'il voit arriver un dossier : « Quand on ouvrait les plis, il y avait un prix sur la première page, et après, les offres des entreprises étaient toutes les mêmes. C'étaient des photocopies. »

Si les politiques se sentent invulnérables en franchissant le grand portail de la rue Barbet-de-Jouy, ce jeune magistrat de la Cour des comptes commence à faire des cauchemars. Au conseil régional, les places sont en or et très convoitées : cinquante mille francs par mois pour les directeurs, voiture avec chauffeur, tous les frais remboursés. N'est-ce pas leur docilité qui est ainsi achetée ? Ne rien dénoncer, c'est être complice. On est en décembre 1994. Depuis l'automne, trois ministres ont été interpellés. Interrogé à la télévision sur les marchés truqués des lycées d'Ile-de-France, Michel Giraud, virtuose des entrechats, répond avec un noble mouvement du torse : « J'ai à la région deux magistrats qui contrôlent tout. »

Dans quelques jours, le gouvernement auquel il appartient va faire voter la loi Balladur verrouillant les marchés publics.

À son tour, Claude-Annick est prise de vertige. La chambre régionale des comptes ne s'est pas manifestée depuis longtemps. Pourtant, elle n'aurait eu aucune peine à constater que les prix des marchés sont gonflés dans des proportions effarantes. « Il y avait des marges qui pouvaient atteindre 40 % », dit la Tissot. Comment s'en est-elle aperçue ? « Les entreprises n'avaient le droit de sous-traiter qu'en le déclarant à la commission. Or ces contrats de sous-traitance étaient 40 % au-dessous du prix facturé à la région. »

Plus stupéfiant encore. Giraud et son équipe entendent continuer à fonctionner comme avant, avec leur femme de paille, Christine Lor. Cette ancienne conseillère d'orientation, bombardée aux affaires scolaires, contrôle tous les marchés des lycées sans formation particulière. Autodidacte du METP, elle est surtout très liée aux frères Sananès. Comme eux, elle aime les senteurs épicées de Marrakech.

Un jour, elle n'hésite pas à faire interrompre une séance pour imposer une entreprise précédemment recalée parce qu'il manquait une pièce à son dossier. Claude-Annick Tissot répond à ce coup de force par un autre coup de force. Elle décide de faire enregistrer tous les débats de la commission.

Une véritable déclaration de guerre.

Le 18 octobre 1995, la hussarde refuse de donner

les marchés à des gros du BTP dont on lui indique seulement les noms. Elle annonce qu'elle va faire procéder au tirage au sort prévu par le code des marchés publics. Son intervention fait l'effet d'une bombe. « Jamais au conseil régional d'Ile-de-France il n'a été d'usage de recourir à un tel procédé ! » s'exclame le directeur des affaires scolaires. Christine Lor, elle, a déjà glissé un petit papier à la Tissot. « Michel Giraud me demande de le contacter immédiatement » raconte celle-ci. Elle compose son numéro de téléphone devant tous les membres de la commission. « Il me confirme qu'il désapprouve totalement le tirage au sort. Je réponds poliment : "Très bien monsieur le président !" Je raccroche et... je fais procéder au tirage au sort. »

L'éducation familiale n'explique pas seule son audace. Depuis six mois, le camp Balladur est vaincu. Giraud n'est plus ministre. Jusqu'ici, le parrain répétait avec un sourire malin : « Tant qu'on s'intéresse à la mairie de Paris, on ne s'occupe pas de nous. » Le bon temps est fini. Une « cafteuse » a allumé la mèche. Il la sermonne : « Fous la paix aux entreprises. Elles n'ont pas de boulot, on leur en donne. Ne joue pas à la roulette russe avec elles. » Un argument dont se délecte aussi le gros Méry dans sa cassette.

Là-dessus, voilà le juge Halphen qui sort de sa boîte. Son arrivée avec sa greffière dans le bureau de Christine Lor provoque l'affolement à tous les étages. Le magistrat repart avec un dossier intitulé « Patrimoine-Ingénierie ». Et comme la presse suit chacun des pas de la star de Créteil, elle ne manque pas de signaler qu'il a aussi réquisitionné les procès-verbaux des séances de la commission d'appels d'offres depuis 1989.

En catastrophe, Michel Giraud trouve une parade. Une grosse ficelle du genre de celles que Staline utilisait lorsqu'il faisait assassiner ses rivaux politiques. « Toute la lumière sera faite » proclamait le maître du Kremlin. Le président de la région ne trouve rien de mieux que de créer une inspection générale de son administration. À sa tête, il place un de ses meilleurs amis. Henri Rouanet a été préfet du Val-de-Marne, terre d'élection de Giraud puis son directeur de cabinet au ministère du Travail avant d'être affecté à ce commissariat politique. Trois semaines plus tard, le « père de la région » annonce la saisine de cette nouvelle inspection taillée sur mesure pour faire « toute la lumière » sur la commission d'appel d'offres. Elle est censée aussi fournir des propositions pour en améliorer la transparence.

Cette opération-diversion, destinée à le couvrir, doit évidemment faire porter le chapeau à la « sorcière », celle qui depuis des semaines contrecarre les fructueuses relations du conseil régional d'Ile-de-France avec les grosses entreprises de BTP.

Claude-Annick met en garde : « Si le rapport du préfet Rouanet m'est défavorable, s'il monte une cabale contre moi, je mets toutes vos combines sur la place publique. »

Giraud ne l'en croit pas capable.

Le dossier à peine ficelé, satisfait, il délaisse son château et embarque sur son yacht de quinze mètres, l'*Antonio Vivaldi*, pour une croisière en Méditerranée.

Le temps est mauvais. Tandis que le capitaine reste bloqué dans un port, Claude-Annick déclenche à Paris une autre sorte de tempête. Le 9 mai 1996, elle donne au *Parisien* une interview qui mobilise les médias et passionne les juges.

La rebelle monte au feu la fleur au fusil et dénonce les offres truquées, les pressions de la bande à Giraud pour faire passer les entreprises amies, la violation permanente du code des marchés publics. C'est la première fois qu'on démonte avec tant de précision la mécanique de la corruption et le partage du magot entre des partis qui font semblant de se combattre.

À peine rentré de croisière, Giraud se précipite à l'Élysée et décrit l'étendue du désastre. Chirac, en pleine tourmente des « affaires », lui accorde la tête de l'accusatrice publique.

Désormais, le patron de l'Ile-de-France préside lui-même la commission des marchés, seul à la barre. Mais le vaisseau prend l'eau de toutes parts. Didier Selles, épinglé par le rapport Rouanet, claque la porte. Pierre Joxe, président de la Cour des comptes, refuse qu'un autre magistrat de la Cour le remplace. Le préfet de région fait rejeter comme illégaux tous les dossiers présentés par Patrimoine-Ingénierie. C'est la faillite du système. Il va falloir indemniser le bureau d'études des amis Sananès car certains contrats ne prennent fin qu'en 2007 : « Le conseil régional et surtout les contribuables doivent donc payer vingt et un millions de francs. Au nom de quoi ? Pour quel préjudice ? » s'indigne Claude-Annick.

Le 20 juin 1996, les Verts du conseil régional déposent une motion pressant Michel Giraud de saisir la justice. À plusieurs reprises, ils renouvellent leur demande. En vain. Ils décident alors de s'adresser eux-mêmes en octobre au procureur de Paris du moment. Sept mois plus tard, la chambre régionale des comptes, enfin réveillée, préconise également de porter plainte. Son rapport, accablant, décrit la rivière enchantée qui arrose les architectes, les maîtres d'ouvrage et les mandataires. Grossière entourloupe, la région a recours aux emplois fictifs. Et il n'est pas rare que ces salariés attribuent les marchés aux entreprises qui les paient. Nous sommes en pays connu. On retrouve la SAR de Francis Poullain parmi les bénéficiaires des largesses de l'Ile-de-France.

Chaque semaine, *Le Parisien, Libération* et *Le Canard enchaîné* parlent du partage des pots-de-vin et de discrètes valises de billets. Au cours d'un débat public, Michel Giraud dénonce « l'abus des insinuations infondées, des procès d'intention, des procès tout courts ». La main sur le cœur, il jure qu'il n'a jamais eu connaissance d'un seul marché truqué. Lorsqu'il sera, en septembre 2000, mis en cause dans la cassette Méry, il répondra avec le même aplomb : « Je tombe du ciel ! »

Dans une interview, Claude-Annick, incorrigible, évoque un système « un peu » mafieux. Aussitôt, il porte plainte pour diffamation. La conseillère régionale est convoquée par le juge, qui lui met sous les yeux les coupures de presse :

— Madame Tissot, vous avez bien dit ce que les journaux ont publié ?

— Bien sûr que je l'ai dit, et j'aurais pu dire pire, par exemple que c'était crapuleux.

Le juge éclate de rire et la met en examen.

C'est une procédure de plus en plus courante et anodine en matière de diffamation. Mais Balladur et Giraud en prennent prétexte pour interdire au secrétaire général du parti, Jean-François Mancel, de lui accorder l'investiture pour les législatives de mai 1997 dans la circonscription du XIe arrondissement laissée vacante par Alain Devaquet. Au RPR, on accuse l'intrépide de « cracher dans la soupe ».

Comme Louise-Yvonne, elle se sent désormais en quarantaine : « À l'Élysée, le secrétaire général, Dominique de Villepin, ne me serre pas la main de peur d'être contaminé. »

Le président de la République lui demande si elle se représente aux régionales : « J'aimerais bien, mais je crois qu'ils ne voudront pas. »

Chirac, qui n'a rien oublié des trahisons balladuriennes, s'esclaffe :

— Tu les as tellement emmerdés !

12

Sur les pas du colonel

La diablesse de l'Ile-de-France ne sait pas encore qu'elle a installé l'échafaud sur la place de l'Hôtel de Ville. Et qu'il va menacer Chirac. Avec sa candeur et ses révélations fracassantes, Claude-Annick a ouvert la porte des réseaux souterrains qui irriguent la politique.

Le garde des Sceaux Jacques Toubon a tout de suite empilé les sacs de sable. Le parquet de Paris attend plusieurs mois avant d'ouvrir une enquête préliminaire. Cette fois encore, il ne faudra pas moins de huit ans d'investigations pour disséquer la RPR *connection* et se diriger dans le dédale qui relie la région au RPR et à la mairie de Paris.

Ce n'est qu'après la dissolution et la victoire de la gauche que l'instruction débute vraiment. En juin 1997, est enfin lancée une information judiciaire sur les marchés publics d'Ile-de-France pour « favoritisme et recel, faux et usage, pratiques anticoncurrentielles » élargie en septembre à « corruption et trafic d'influence ». « Dès le lendemain de l'arrivée de

Jospin à Matignon, remarque Didier Selles, Ribe-rolles est chargé du dossier. »

À la différence d'Éric Halphen, le magistrat ne se lance pas seul dans sa chevauchée purificatrice. Il fait équipe avec Marc Brisset-Foucault. Renaud Van Ruymbeke viendra même quelque temps en renfort du tandem. Ce juge emblématique ne tire pas gloire d'occuper la une des journaux. Il n'annonce pas à l'avance ses perquisitions. Il ne communique pas les procès-verbaux de ses auditions à des journalistes amis. Mains propres, *Mani pulite*, comme en Italie, oui, manipulations, pas question. Il a été marqué au début de sa carrière à Caen par l'affaire Boulin. On l'a alors accusé d'être un « petit juge rouge qui voulait se payer un ministre ». Le suicide de Robert Boulin l'a longtemps culpabilisé. Professeur à l'École nationale de la magistrature, il a formé aux lourdes responsabilités du métier des générations d'élèves magistrats qui rêvent d'un monde plus juste.

Le trio de choc compte réussir là où Halphen a échoué : faire enfin parler le grand vizir des finances de la Chiraquie.

Selon la légende, Michel Roussin est un gendarme, fils de gendarme. Dans la notice biographique qu'il a rédigée pour le *Who's Who*, il indique que son père est ingénieur. Il n'a pas non plus été simple pandore dans un village de la France profonde. Né au Maroc, il a fait ses études au lycée de Rabat avant de devenir officier d'artillerie puis de gendarmerie.

Ses champs de bataille sont les palais nationaux. Le plus clair de son service est de participer, en grand uniforme, la visière de son képi prolongeant son regard d'acier, à toutes les cérémonies de la République. De 1972 à 1976, il est commandant militaire de l'hôtel Matignon. C'est là qu'il rencontre Chirac. Et que se scelle son allégeance. Le Premier ministre de Giscard, qui garde de ses années en Algérie une fascination pour le métier des armes, a été d'emblée séduit par la rigueur cuirassée de ce sabreur de l'Atlas.

Michel Roussin a de l'allure. Mais aussi bien d'autres qualités. Il est rompu aux opérations délicates. Quand son patron quitte la rue de Varenne, il devient l'adjoint direct du chef des services secrets (le SDECE), le flamboyant colonel Alexandre de Marenches, qui lui aussi a beaucoup servi au Maroc auprès du maréchal Juin. Autre atout, l'impeccable Roussin est ensuite initié comme chargé de mission auprès de Guy Dejouany, PDG de la Générale des Eaux, aux financements plus ou moins troubles de la politique. Comme Méry et Poullain, il passe pour être franc-maçon, ce qui ouvre tout grand les portes du BTP.

Des états de service qui le ramènent naturellement, en 1983, auprès de Jacques Chirac à la mairie de Paris. Pendant dix ans, le colonel de gendarmerie ne va plus quitter son grand chef. Avec lui, il retourne à Matignon, cette fois dans un fauteuil doré. Mitterrand a accepté de signer son décret de nomination de préfet mais ce n'est pas pour l'éloigner du Premier ministre en l'envoyant dans un lointain département. Roussin est « préfet hors cadre chargé d'une mission de service public relevant du gouvernement ».

Dans sa cassette posthume, Méry en dit un peu plus

sur le nouveau chef de cabinet. Le Gros soutient lui avoir apporté dans son bureau de la rue de Varenne une valise bourrée de cinq millions de francs. Et en présence de Chirac par-dessus le marché !

Après le fiasco de la présidentielle de mai 1988, retour à l'Hôtel de Ville. À la veille de ses cinquante ans, Roussin est nommé directeur de cabinet du maire de Paris, avec pour mission de réorganiser les finances de la Chiraquie. Mais il lui faut attendre un an pour occuper son nouveau bureau. Le temps que son prédécesseur, l'ancien officier de marine Daniel Naftalski, se trouve un large parachute chez Gras Savoye, une puissante compagnie d'assurances.

Depuis la défaite, c'est marée basse pour le RPR. Pasqua s'est replié sur son fief des Hauts-de-Seine en confiant à ses compagnons : « Chirac, c'est fini, il ne sera jamais élu. » Roussin, lui, n'est pas du genre à faiblir, encore moins à s'enfuir dans l'adversité. Sans états d'âme, il exécute son ordre de mission. En militaire.

Rue de Lille, pour superviser Louise-Yvonne, il place un ancien camarade des Services secrets. « Quand je n'étais pas là, je laissais Mme Casetta occuper mon bureau » dira Jacques Rigault aux juges.

Au cours de leur longue instruction sur les marchés truqués d'Ile-de-France, les magistrats interrogent aussi Christine Lor, recasée en vitesse au métro parisien par son Pygmalion Michel Giraud. Au cours de sa garde à vue, l'ancienne conseillère aux affaires scolaires cède à la « gégène » psychologique des policiers. Comme ses amis, les frères Sananès, ce n'est pas le nom de son protecteur qu'elle livre à la police.

Elle dirige le regard de ses interrogateurs vers l'Hôtel de Ville de Paris : « C'était Michel Roussin qui s'occupait du financement du RPR. Il m'a reçue et il m'a confirmé qu'il y avait des versements d'argent provenant d'entreprises pour les partis politiques et qui représentaient 2 % des marchés publics en général... Michel Roussin m'a confirmé que le versement des 2 % devait être fait par les entreprises auprès de Mme Casetta, de M. Thomas et du PS. »

Le trésorier du PR, Jean-Pierre Thomas, explique qu'il a reçu ses consignes du président de son parti, Gérard Longuet : « Michel Roussin m'a dit qu'il y avait un accord entre les partis représentés au conseil régional d'Ile-de-France qui permettrait de recevoir des dons des entreprises et était la conséquence directe des énormes marchés de construction de lycées dans la région. »

Gérard Peybernès, responsable de l'Association de financement du Parti socialiste, affirme avoir été informé par le secrétaire fédéral du PS à Paris, Jean-Marie Le Guen, de la marche à suivre. Christine Lor lui donnait les noms des entreprises auxquelles les marchés étaient attribués. Il démarchait ensuite les bénéficiaires : « Pas un sou de corruption là-dedans puisque j'appelais les entreprises quand elles avaient obtenu le marché. Je leur disais : faites un don au Parti socialiste. Ils me signaient des chèques dans les limites autorisées jusqu'à la loi Balladur. »

Les juges n'ont plus qu'à faire les additions : entre 1989 et 1995, c'est un pactole de vingt-neuf milliards de francs que se sont partagé les politiques. Selon tous les témoins, la clé de répartition était la suivante : 1,2 % pour le RPR et le PR et 0,8 % pour le Parti socialiste. Peybernès lève les bras au ciel : « Si les sommes sont celles que tous les bavards ont avancées, l'AFPS n'en a perçu qu'une infime partie : quarante millions de francs sur les deux cent vingt millions ; 80 % se sont envolés. Où sont-ils passés ? Quant au fait que j'aurais reversé une partie de cet argent aux communistes, c'est extravagant et pas du tout dans les traditions. » Jean-Marie Le Guen, lui, c'est bien simple, il dément tout en bloc.

Comme Jean-Pierre Thomas et Gérard Peybernès, la Casetta exécute les ordres. Au RPR, elle remplit sa fonction avec sa rude autorité de Bretonne. Selon un chef d'entreprise, lorsqu'elle est à bout d'arguments, elle dirige les récalcitrants vers l'Hôtel de Ville où le colonel prend le relais. Et s'ils affirment ne pas être en mesure de verser leur obole, Roussin, qui connaît tous les secrets du BTP, répond d'un ton sans réplique : « Un entrepreneur doit savoir régler ce genre de problème. » C'est du moins ce que soutient sur procès-verbal Jean-Pierre Génin, cadre de l'entreprise Chagnaud : « Après l'échec de Mme Casetta, la convocation par M. Michel Roussin était l'expression d'une pression maximum. Michel Roussin m'a précisé qu'il faudrait verser la somme en espèces, sans toutefois suggérer la méthode à utiliser pour sortir cette somme. Michel Roussin présentait la chose comme une sorte de dette consécutive à des engagements antérieurs de l'entreprise et conséquence de l'obtention du lycée de Limours. Je me souviens qu'il m'a dit : “Vous avez eu le lycée de

Limours, donc vous devez cinq cent mille francs". J'ai refusé, et d'ailleurs en ce qui me concerne je n'avais pris aucun engagement. Michel Roussin a ensuite essayé de me convaincre en réduisant la somme à trois cent mille francs puis à deux cent mille francs. J'ai maintenu mon refus et la discussion s'est arrêtée rapidement. »

Ses visiteurs pourraient ne voir en lui qu'un militaire, froid, impénétrable, parfois même cassant. Dans l'intimité, il est tout le contraire. Collectionneur d'histoires drôles et surtout excellent imitateur du gratin de la politique. À commencer par Chirac, son voisin de bureau à l'Hôtel de Ville.

Mais quels que soient les juges qui l'interrogent, l'ancien officier de gendarmerie promu colonel d'état-major chargé du nerf de la guerre ne desserre pas les lèvres : « Quand il est arrivé dans mon bureau, il tremblait mais il s'est vite repris » affirme Éric Halphen. Six ans plus tard, en décembre 2000, Armand Riberolles, à bout de patience, prononce la phrase couperet qui délie tant de langues : « Le procureur a requis la prison. » Sans plus de succès. L'ancien ministre passe une semaine au trou. Mais il ne parle pas.

La veille, le théâtral magistrat a aussi menacé Louise-Yvonne de la conduire en détention, menottes aux poings. Pour échapper à cette infamie, la solide Casetta n'accuse pas Michel Roussin mais, pour la première fois, elle livre quelques noms : « Lorsque je travaillais avec M. Durand à la fin des années 1980, je me souviens que, lorsqu'il revenait de la commission des marchés du conseil régional dont il était membre, il appelait les entreprises et leur disait en substance : grâce à moi vous avez eu tel marché, il faut que vous fassiez un don au RPR. Je maintiens que c'est vrai que les entreprises nous devaient de l'argent en fonction des engagements qu'elles avaient pris pour obtenir les marchés. Robert Galley, puis Jacques Boyon, puis Jacques Oudin étaient parfaitement au courant. »

Elle s'arrête là. Au cours de l'audition suivante elle se rétracte en affirmant que ses déclarations lui ont été arrachées par la peur de la prison.

Qui d'ailleurs pourrait croire que la petite Guingampaise avait le pouvoir de débloquer les marchés du conseil régional d'Ile-de-France ?

13

La tête de Juppé

Nanterre, lundi 29 septembre 2003, la belle affiche ! Pour la première fois, tous les acteurs entrent en scène. Rien que des hommes en costume d'énarque. Pâles et intimidés. Familiers des grands spectacles de la politique, ils découvrent le cérémonial glacial de la justice.

Une seule femme, Louise-Yvonne, en tailleur marine et cheveux courts à la Jeanne-d'Arc.

Depuis huit ans, elle a eu son lot de procédures. Trois gardes à vue, une dizaine d'auditions, trois mises en examen et déjà deux procès. Pour l'affaire Mazzotti, elle a été relaxée en première instance comme le trésorier Oudin. Mais bizarrement elle est la seule contre qui le parquet a fait appel. À Versailles, le tribunal, présidé par l'austère Martine Ract-Madoux, l'a condamnée à six mois de prison avec sursis. Une peine amnistiable, mais la Bretonne ne supporte pas cette tache à l'âme. Elle a tenu à aller en Cour de cassation. Et demande à présent justice à la Cour européenne des droits de l'homme.

Tous ces messieurs viennent la saluer. Robert

Galley, paternel : « Bonjour ma petite Casetta. » Mais son successeur, Jacques Boyon, lui tend à peine le bout des doigts. Patrick Stéfanini est raide : « Bonjour, madame. » Antoine Joly, secrétaire national du RPR chargé des finances en 1991, l'embrasse. L'ancien officier de cavalerie Jacques Rigault se contente d'un mouvement raide.

Juppé lui serre la main. Il est blême. Son avocat tente maladroitement par un jeu de manches de le soustraire aux regards. Mais il a trois têtes de moins que son client. Dans ce numéro, l'ancien secrétaire général joue le rôle du clown blanc derrière un Szpiner sautillant.

Depuis huit ans, la machine chiraquienne travaille pour écarter les foudres de la justice. Dès 1995, Toubon a dépensé toute son énergie de garde des Sceaux à paralyser les magistrats trop vertueux, à découper les instructions comme des rondelles de saucisson et à freiner les procureurs enclins à délivrer des réquisitoires supplétifs. Peu de magistrats résistent à la pourpre et à l'hermine de la Cour de cassation avec à la clef une retraite double et un logement de fonction à Paris.

La dissolution de l'Assemblée nationale et l'arrivée d'Élisabeth Guigou au ministère de la Justice ont un peu douché ces ardeurs militantes. Et réveillé les inquiétudes. À l'Élysée, sous la conduite de Dominique de Villepin, une cellule veille en permanence à éteindre les feux. Elle se compose du diplomate Maurice Gourdault-Montagne et du magistrat Jean-Claude Antonetti, ex-collaborateurs de Juppé à

Matignon, auxquels s'est joint l'indispensable Francis Szpiner.

L'avocat pompier a, jusqu'ici, su maîtriser quelques incendies.

Lorsque *Le Monde* publie, en septembre 2000, le texte de la cassette Méry, dans laquelle le Gros, pour la première fois, « mouille » Chirac, les deux compères Villepin et Szpiner cherchent aussitôt la parade. Il leur faut une formule choc du genre du « quarteron » du général de Gaulle face au putsch d'Alger. Ils ouvrent le seul dictionnaire qu'ils ont sous la main, mettent le doigt sur « abracadabrantesque ». Le lendemain, tous les médias se délectent du joli mot.

C'est encore Szpiner qui joue les docteurs miracles quand Villepin l'appelle pour lui dire : « Strauss-Kahn a eu la cassette entre les mains. » L'avocat raconte qu'il téléphone aussitôt à *L'Express*. Version démentie par l'hebdomadaire. Le journal est déjà sous presse. La rédaction décide de sortir la bombe sur Internet. Bien joué. Szpiner est sacré « grand thaumaturge » de la Chiraquie.

Nouveau péril, pour les élections présidentielle et législatives de 2002, le jeune député socialiste Arnaud Montebourg a fait imprimer des T-shirts sur lesquels on peut lire cette épitaphe pour le candidat Chirac : « En 1995, il vous offrait des pommes. En 2002, vous lui apporterez des oranges. » Jospin a beau dissuader ses troupes de faire campagne sur un thème aussi sulfureux, l'agitateur public reste incontrôlable. Pour lui clouer le bec, Villepin parachute dans cette circonscription bourguignonne le voltigeur Szpiner qui se voit déjà ministre de la Coopération. Mais cette fois la pioche est mauvaise. Pour la campagne du second tour, l'avocat Montebourg diffuse une feuille électorale avec la photo de son adversaire assis sur un canapé à côté de Schuller sous le titre : « Me Szpiner, le représentant de l'affairisme chiraquien. » Le socialiste écrabouille son ancien ami du procès Nucci.

Entretemps, les maladresses du brouillon Halphen ont fourni une aide inespérée au camp RPR.

Le 27 mars 2001, le juge a convoqué « M. Chirac Jacques » à titre de témoin. Pour quels motifs ? « Dans sa cassette, Méry a prononcé son nom à plusieurs reprises. Et il y a une photo prise à Port-Vendres où on les voit ensemble. Le Président ne pouvait pas dire qu'ils ne se connaissaient pas. » Quelques jours plus tard, le 3 avril, c'est le numéro 2 des HLM qui articule le nom magique. Poussé par la haine qu'il voue à son ancien patron Gilbert Pérol, Ciolina balance : « Je voulais aussi ajouter que la plupart des décisions financières de l'OPAC se prenaient en Corrèze directement entre Pérol et Jacques Chirac. Ils se voyaient là-bas au moins une fois par mois et encore plus en 1989 au moment des municipales. »

Ce grand déballage se révèle superflu. Le 4 septembre 2001, la chambre d'instruction de la cour d'appel de Paris annule, pour vices de procédure, tous les actes accomplis par le juge Halphen depuis le 29 novembre 1999. Se trouvent ainsi retirés du dossier d'instruction les éléments où figurent des accusations contre Jacques Chirac, le témoignage posthume de Jean-Claude Méry – mort, ruiné, après un cancer du foie –, celui de François Ciolina et la convocation adressée au président de la République.

Le 11 octobre, l'assemblée plénière de la Cour de cassation confirme la décision du Conseil d'État et précise qu'en dehors de la haute trahison toute poursuite judiciaire contre le chef de l'État ne peut être exercée pendant la durée du mandat présidentiel.

Sauver le soldat Juppé, c'est désormais le mot d'ordre de Chirac. Et Francis Szpiner, de sa voix de prétoire, assure que cette mission de salut public a été préparée avec tout le soin qu'elle mérite. L'héritier du trône ne verra pas son destin national compromis par une broutille judiciaire !

En quarante années de longue marche vers l'Élysée, le président n'a jamais autant investi sur un homme.

L'ancien Premier ministre est pourtant l'oiseau de malheur qui lui a pourri un septennat. En se lançant dans une partie de bras de fer avec les syndicats, il a mis les Français dans la rue. La catastrophe de la dissolution a condamné le chef de l'État à cinq années *horribilis* de cohabitation avec Jospin. Et encore, depuis la victoire miraculeuse de 2002, la création de l'UMP s'est révélée, élections après élections, une ambition déplacée. Sans doute fourvoyé par Jérôme Monod, son fondateur, Juppé voulait en faire une caserne appelée Maison bleue, aux couleurs de la droite. Mais, en France, la politique ne se fait pas au canon. Ce parti attrape-tout est devenu la Grande Armée après la Bérézina. Les électeurs, pour leur démocratie, souhaitent la souplesse et la nuance.

Comme pour les fromages, la diversité est le fruit de leur terroir.

Le lieutenant « modèle » a tous les diplômes, mais il lui manque l'intelligence du peuple. « Il est atteint d'une véritable infirmité psychologique qui l'empêche de se mettre à la place des autres » dit un de ses anciens collaborateurs du RPR. Les petites mains de la rue de Lille ne se souviennent pas d'un mot aimable. Encore moins d'un baiser sur la joue. Même lors des arbres de Noël que Louise-Yvonne organisait pour tout le personnel et encore en décembre 1995. Cette année-là, Guignol avait été bloqué par les grèves...

À Matignon, Juppé s'est débarrassé des femmes de son gouvernement en leur accordant à peine trois minutes. Comme pour un licenciement chez un DRH, les ministres-juppettes faisaient queue dans l'antichambre. Les huissiers en étaient bouleversés.

Comment Chirac s'est-il laissé ensorceler par un homme qui lui ressemble si peu ? Lui qui ferraille depuis toujours contre les technocrates qui ont tout appris et n'ont rien compris.

La vérité c'est qu'il ne veut pas se passer de la belle mécanique intellectuelle d'Alain Juppé. De son esprit d'analyse, de sa rapidité à embrasser la complexité des enjeux, de sa capacité à imaginer la solution courageuse. Il a toujours été fasciné par les « grosses têtes ». Comme par Giscard, hélas... Juppé est en outre, avec Jacques Toubon, le seul ministre de Balladur à ne pas l'avoir trahi. Le problème, c'est que ces dons exceptionnels ne rapportent pas forcément des voix. Pour faire de la bonne politique, il faut avant tout se mettre à la hauteur des gens. Ne pas les toiser avec condescendance. Les aimer.

Le procès des emplois fictifs du RPR doit se dérouler devant un tribunal correctionnel de banlieue. Il a pourtant été préparé comme une bataille historique. Au journal de 20 heures, le regard « droit dans ses bottes », Juppé a annoncé qu'il assumerait toutes ses hautes responsabilités de chef du parti chiraquien. « Le malheur, c'est que cela se révélera au-dessus de ses forces. Dès le lendemain, il s'est engagé dans une bataille de procédure qui a eu le don d'exaspérer la justice » dit le journaliste du *Monde* Hervé Gattegno. Le terrain a été nettoyé grâce à des astuces de procédure. La chambre d'accusation de la cour d'appel de Versailles a annulé la plus grande partie de l'instruction conduite par le juge Desmure. Ce magistrat avait enquêté au-delà de sa saisine et de sa compétence territoriale. Alain Juppé reste seulement accusé de la rémunération par la mairie de Paris d'une poignée de permanents du RPR. « Ce n'est quand même pas l'affaire Urba ! » s'exclame un avocat.

À l'Élysée, l'état-major antiaffaires redouble quand même de précautions. Dès sa victoire, Chirac a placé au ministère de la Justice un fidèle de la première heure, son ancien trésorier de campagne, Dominique Perben. Pour cet énarque qui se tient depuis vingt ans au garde-à-vous, la place Vendôme est une promotion fulgurante et inespérée. Jusqu'à cinquante ans, il n'a eu droit qu'à un miniportefeuille, celui des DOM-TOM. Le nouveau ministre est vierge, totalement étranger aux questions de droit. Le quatuor de l'Élysée indique la marche à suivre.

Depuis le départ, la stratégie est de faire porter toute la responsabilité de la faute à la Casetta. Le postulat de base ? Sa peine ne sera pas plus lourde si elle est la seule condamnée. En revanche, l'intendante du RPR protégera du déshonneur la hiérarchie du parti et elle sauvera la tête du Juppé qui, selon certains, compterait pour le pays autant que celle de Richelieu !

Le juge Desmure qui a instruit le dossier bénéficie en 2003 d'une mutation flatteuse à Chartres. Le procureur Bot délaisse Créteil pour le poste envié de Paris. Quitte à épargner quelques princes du RPR, de nombreux magistrats profitent, comme eux, de l'alternance politique pour monter en grade. Certains comme Francis Szpiner se mettent à rêver d'un non-lieu...

L'ennui, c'est qu'il n'y a aucune concertation entre les avocats de la famille de droite. Le défenseur de Louise-Yvonne, Jacques Vergès, étonné, se confie à un confrère : « Je pensais trouver au RPR le centralisme démocratique avec un chef derrière qui tout le monde marche au pas, comme au Parti communiste. Je suis tombé sur un joyeux bordel. Il n'y avait pas de pilote dans l'avion. Place du Colonel-Fabien, on aurait élaboré un système collectif de plaidoieries. » Le PC et son président Robert Hue pris dans les mailles de la justice pour une affaire de financement occulte viennent ainsi de franchir en bon ordre les étapes de la procédure. Tous les camarades ont été blanchis.

Plusieurs voix du barreau ont mis en garde l'Élysée et Dominique de Villepin contre les dangers d'un excès d'optimisme et d'arrogance. Hervé Gattegno dénonce la morgue de Juppé : « Les magistrats ne sont pas forcément en guerre contre les politiques. Ils veulent qu'on reconnaisse leur pouvoir. Ils sont obsédés par une chose : ne pas donner à l'opinion l'impression qu'ils sont aux ordres. Ne pas passer pour des laquais. Roland Dumas, lui, a compris. Il a courbé la tête. »

Habitué des tapis rouges, l'ex-Premier ministre a au contraire exigé de n'être pas traité à Nanterre comme les autres simples prévenus. Caméras tenues à bonne distance et interdiction pour les journalistes de filmer la salle d'audience avant l'arrivée des juges comme ils en ont le droit. Juppé et Szpiner pensaient dédramatiser l'événement. C'est tout le contraire ! La course-poursuite dans les couloirs est abondamment commentée par les médias.

Autre erreur stratégique, le fort en thème de la Ve République est exempté des débats pendant toute une semaine. Une chaise vide ! Les juges ne peuvent qu'être blessés par cette marque de mépris. L'ancien ministre Robert Galley, malgré ses quatre-vingt-deux ans, ne manque pas une seule journée du procès ni une seule occasion de manifester aux magistrats sa légendaire courtoisie.

Ce tribunal est supposé magnanime. À commencer par sa présidente, Catherine Pierce, cinquante-quatre ans, sévère comme une institutrice derrière ses lunettes, dont on dit à l'Élysée : « Elle n'est sûrement pas de gauche, son mari est chef d'entreprise. » Son assesseur, Alain Prache, est un ancien commissaire de police peu suspecté de gauchisme. Quant au substitut, René Grouman, son décret de nomination à Paris est sur le bureau du ministre. Perben le signera le 3 novembre, quinze jours après la fin du procès. On découvrira le lendemain du jugement qu'il a dans sa jeunesse appartenu à un groupuscule néonazi.

Le maître stratège Villepin a juste mésestimé la compétence financière de ce tribunal des Hauts-de-Seine où se traitent les plus grosses affaires économiques de la région parisienne. Depuis dix ans, Catherine Pierce y fait autorité. Sur la scène du prétoire, elle a l'habitude de répliques bien réglées avec son partenaire Alain Prache qui, comme Facturator, est un as des chiffres.

Dès la deuxième audience, rien ne se passe comme prévu. Les juges découvrent le gouffre de la corruption. Devant ces experts en comptabilité, les dix-neuf patrons sur la sellette décrivent sans sourciller un système de racket « à la sicilienne ». Michel Cottot, gérant de la Scopase : « Il s'agissait presque de harcèlement, les appels avaient lieu après dix-huit heures quand les secrétaires étaient parties... Je ne voulais pas avoir d'ennuis et puis, vous savez, si votre entreprise est notée d'une croix rouge, il est très facile de l'écarter des appels d'offres. » Jean-Claude Maillard : « Au bout d'un mois ou deux, on s'est rendu compte qu'on s'était fait piéger. » Jacques Petey de l'Urbaine des travaux explique l'engrenage : « C'est la peur de dire non. » Aucun d'entre eux ne nie avoir subventionné le RPR avec un ou deux emplois fictifs. Et aucun n'ignorait que c'était illégal. Mais ils refusent d'endosser le rôle du corrupteur.

De l'autre côté du prétoire, on repousse avec la même énergie celui du corrompu. Dans un bel élan, trésoriers, directeurs administratifs et financiers, secrétaires nationaux, tous rejettent la responsabilité sur « Mme Casetta » qui, seule, décrochait ces « dons » pendant qu'ils couraient vers les honneurs à l'Assemblée, au Sénat, dans les mairies, à Matignon... « Ces messieurs de la politique », comme Louise-Yvonne les nomme, n'ont rien vu, rien entendu, rien remarqué. À la barre, Antoine Joly éclate en sanglots comme un collégien. Il faut interrompre l'audience une demi-heure pour qu'il retrouve sa dignité. L'effet est déplorable.

Dans *Le Rapport Omerta 2004**, Laurent Valdiguié, journaliste au *Parisien*, relate le terrible quart d'heure de Juppé lorsqu'il revient en deuxième semaine, au sixième jour du procès et que le juge Alain Prache l'attaque sur l'emploi fictif de sa propre secrétaire :

— Monsieur Juppé, vous nous indiquez que vous n'étiez que deux fois par semaine au siège du RPR. Vous savez que Mme Le Corff a été rémunérée par la Ville de Paris de 1980 à 1989, puis par une première entreprise privée, puis en 1991 par une deuxième entreprise privée. On peut imaginer tout de même, puisque c'est elle qui réglait votre agenda, que c'est quelqu'un dont vous étiez proche. Comment avez-vous pu ignorer la façon dont Mme Le Corff était rémunérée ?

* Sophie Coignard, Albin Michel, Paris, 2004.

— Elle était au RPR depuis 1977, c'était la secrétaire de mon prédécesseur... et je ne l'ai pas interrogée sur l'origine de sa rémunération.

— À aucun moment elle n'a souhaité une augmentation de salaire, à aucun moment elle n'est tombée malade, elle ne s'est jamais confiée à vous sur son véritable employeur ?

— Non, je n'ai pas eu à connaître sa situation administrative.

— C'est étonnant. En général, les relations avec sa propre secrétaire sont des relations plus étroites.

— Peut-être. Ce que je vous dis est la vérité, c'est peut-être une faiblesse, on me le reproche parfois, de ne pas accorder assez d'attention aux problèmes personnels.

À cet instant, les trois juges ont le sentiment presque physique d'être les marionnettes d'une farce écrite par Courteline.

Mais coup de théâtre, Jacques Vergès a fait citer un témoin, l'ancien directeur de cabinet de Juppé, rue de Lille, de 1988 à 1993. Il suffit à Yves Cabana de lâcher quatre mots : « Tout le monde savait ! » Et le procès bascule.

Est-ce une gaffe ou un terrible règlement de comptes avec son ancien patron qui l'a congédié, lui aussi, sans ménagement ? D'autres avancent une troisième explication : ce grand technocrate serait venu les mains dans les poches, sans avoir rien préparé. Il a dérapé. Yves Cabana a surtout été interrogé deux heures et demie à la barre. Il reconnaît que l'insistance du tribunal à le cuisiner a fini par faire bouillir son sang chaud de Méridional : « Écoutez, vous m'avez mis en examen puis vous m'avez donné un non-lieu, on ne va pas tout recommencer aujourd'hui. »

Son curriculum vitae aurait pu le conduire à un fauteuil en or de la politique. À la mairie de Paris, il a grandi à côté de son père dans le premier cercle de Jacques Chirac. Avec son œil noir, ce Catalan au poil dru, comme taillé à la serpe, a tout vu, tout entendu au RPR. Et en une phrase, il vous brosse le décor et les acteurs : « À chaque alternance, un chef arrive avec une nouvelle équipe. Des bons et des mauvais. Quand il repart, il emmène les bons et laisse les mauvais. »

Inspecteur des finances, il a plus le goût des coulisses que des tréteaux. Pourtant son verbe est moins précautionneux que celui du commun des énarques. Il raconte : « À Nanterre, on était dans un théâtre d'ombres. Il suffisait de reconnaître ce que personne ne conteste. Les emplois fictifs sont prouvés, établis, la seule chose dont on puisse discuter, c'est leur gravité. Jamais le RPR n'a été financé de façon plus honnête qu'entre 1988 et 1995. Les juges ont exploré, pendant six ans, toutes les pistes d'enrichissement personnel sans rien trouver. À l'époque, on avait perdu les élections. Le parti n'avait pas d'argent. Si on avait appliqué la loi à la lettre, on aurait dû licencier la moitié des permanents. On a fait la part des choses. On s'est dit : avoir une secrétaire payée par une entreprise, c'est moins grave que de prendre une valise de billets. »

Après la déposition explosive du jeune Cabana, difficile de soutenir que Louise-Yvonne était la seule

« à savoir ». La stratégie absurde du quatuor de l'Élysée s'effondre alors que ni l'ancien secrétaire général ni son avocat vedette ne sont présents pour endiguer la portée de ce déferlement de vérités.

Et pour couronner le tout, la présidente du tribunal, Catherine Pierce, se plaint auprès des journalistes de pressions étranges : « on » se serait introduit dans son bureau par le plafond pour forcer ses serrures et espionner ses conversations. Certains petits machiavels insinuent que la police est rompue à ces pratiques et que son chef, Nicolas Sarkozy, ne serait pas fâché d'une élimination de son rival détesté. D'autres que le tribunal de Nanterre était l'objet d'une tentative d'intimidation de magistrats de gauche. Alors Jacques Chirac voit rouge. Le président de la République ordonnera précipitamment une enquête qui indignera le Conseil supérieur de la magistrature.

Dans son réquisitoire, le substitut René Grouman demande huit mois avec sursis, une amende mais pas d'inéligibilité. Avec une subtilité rare chez les magistrats, il prévient quand même : « S'il est condamné pour prise illégale d'intérêt, M. Juppé sera automatiquement radié des listes électorales pour cinq ans. »

La tête du dauphin est à présent sur l'échafaud !

Le tribunal a trois mois pour rendre sa décision.

Le vendredi 30 janvier 2004, comme tout accusé, l'ancien Premier ministre se lève pour écouter son jugement.

« M. Juppé a trompé la confiance du peuple souverain », déclare la présidente. Dans un silence de mort, Catherine Pierce annonce la sanction : dix-huit mois de prison avec sursis et dix ans d'inéligibilité. Les mains sur le visage, l'enfant gâté de la Chiraquie s'effondre sur sa chaise comme un jouet désarticulé.

La loi Balladur de janvier 1995 est sans pitié. Quand un homme politique est condamné pour une infraction de financement illicite, la sentence tombe comme un couperet, terrifiante. En plus d'être rayé du grand registre des citoyens, le condamné est inéligible pour cinq autres années.

Selon le Code de procédure pénale, le procureur se prononce sur cette inéligibilité au vu du casier judiciaire. Francis Szpiner aurait pu, avant le réquisitoire, demander que la peine infligée à son client ne soit pas inscrite sur ce fameux casier. Il ne l'a pas fait, persuadé que son « grand homme d'État » ne serait pas condamné. Et l'ancien Premier ministre ne voulait pas s'abaisser à plaider coupable : « Juppé désirait qu'on lui donne une faveur sans même qu'il ait à la demander. La capitulation des juges ne pouvait aller jusque-là », dit Hervé Gattegno.

En fin de compte, le généralissime de la droite paie pour les emplois fictifs du couple Cherkaoui, tous deux chargés de mission au RPR, mais salariés par la mairie de Paris entre janvier et mai 1995. Deux bulletins de salaire à peine supérieurs à ceux d'un smicard. La peine peut paraître capitale pour un homme qui avoue lui-même en privé ne rien savoir faire d'autre que de la politique. Henri Emmanuelli, seul condamné pour le Parti socialiste, a repris, après deux ans de pénitence, le chemin de la présidence de la commission des finances à l'Assemblée nationale.

Mais comment demander à des juges de ne pas appliquer une loi dont ils ne sont d'ailleurs pas les auteurs ? La sévérité du tribunal de Nanterre est-elle plus grande que celle témoignée à l'égard d'un petit casseur qui parfois se retrouve en prison ? « Peu d'hommes politiques veulent admettre que le droit est le même pour tous, dit l'ancien garde des Sceaux, Jacques Toubon. Vous ne pouvez l'émasculer pour les coupables de corruption et le muscler pour les voleurs de voitures. » Quant aux chefs d'entreprise, beaucoup sont ruinés après une condamnation judiciaire : « Les clients prennent le premier prétexte pour se précipiter chez un concurrent », dit l'un d'entre eux. Comme les deux trésoriers du RPR, Robert Galley et Jacques Boyon, Louise-Yvonne est condamnée à quatorze mois de prison avec sursis. Trois mois plus tôt, à la fin du procès, avant de quitter la salle d'audience, d'une voix indignée, l'intendante a lancé ce cri de l'âme : « Ce que j'ai fait, je l'ai fait de bonne foi. Je pensais que leur sens des responsabilités leur aurait fait prendre leurs responsabilités... Ministres, anciens ministres, je suis fort déçue de leur attitude. »

À la barre, pendant plus de deux heures, la Bretonne n'a pas faibli sous le feu des questions des juges :

— Avez-vous reçu des instructions du secrétaire général ?

— Jamais.

— Avez-vous reçu des instructions du président ?

— Jamais.

Non, jamais elle ne citera le nom de Chirac. Même pas celui de Juppé, et pourtant elle en a gros sur le cœur... La présidente Catherine Pierce ne peut s'empêcher une exclamation compatissante :

— Vous faites un bon petit soldat !

La voix d'Yves Cabana surgit une fois encore de ce théâtre d'ombres : « On pouvait lui expliquer qu'il lui fallait se dévouer et payer pour les autres. Mais ne pas oublier de lui dire : s'il vous plaît. »

14

Le calvaire des lampistes

La France viendrait-elle de perdre un héros national ? Le président de la République rend un hommage presque nécrologique à celui qu'il encense une nouvelle fois comme « le meilleur d'entre nous » : « C'est un homme politique d'une qualité exceptionnelle de compétence, d'humanisme, d'honnêteté et la France a besoin d'hommes de sa qualité. » Le Premier ministre se surpasse dans la raffarinade en déclarant que le jugement de Nanterre est « provisoire » : « Le service de la France et des Français a besoin d'Alain Juppé. »

Après quelques hésitations, le condamné fait appel du jugement. De sa mairie de Bordeaux, il tient les médias en haleine. Va-t-il démissionner de ses mandats politiques ? Le suspense dure trois jours. Son interview mélodramatique au journal de 20 heures de TF1 ressemble à une télé-réalité qui pourrait s'intituler : « Je paie pour un autre. »

Mais il n'a pas un soupir de compassion pour tous ses subordonnés qui paient pour lui. À commencer par Louise-Yvonne, la plus humble et, selon l'avocat de la Ville de Paris, Jean-Pierre Mignard, « la plus sympathique de la bande ». La Cassette a pourtant perdu son honneur et le sommeil depuis sept ans. Dès qu'elle a été mise en examen, en décembre 1996, la direction du RPR lui a demandé de rendre son tablier d'intendante pour préserver la respectabilité de la maison. Son licenciement s'est passé sans dessous de table et conformément aux règles du Code du travail. Pour ses treize ans d'ancienneté, elle a touché une indemnité, geste dérisoire par rapport aux difficultés et à tous ses malheurs.

Avec la publicité sulfureuse qui entoure son nom, impossible désormais de faire appel à un chasseur de têtes. Comment retrouver un emploi quand on s'appelle Casetta ? Les employeurs redoutent d'être épinglés par *Le Canard enchaîné* et d'essuyer les protestations de leurs délégués syndicaux.

Et comment s'en étonner quand, même au RPR, son nom a cessé d'être un laissez-passer ? Elle s'y rend pourtant un soir d'élection. Elle aime cette ambiance de fête qui lui rappelle les grandes tablées de son enfance. Mais à l'entrée, on lui demande son invitation. « Je n'en ai pas. Je suis Louise-Yvonne Casetta » répond-elle, interloquée. Le service d'ordre se renseigne. « Indésirable », répond le secrétariat général.

Après plusieurs échecs auprès des entreprises, le salut vient de l'Élysée. Le PDG d'Havas, Pierre Dauzier, vieil ami de Chirac et Corrézien pur-sang, demande à Christophe Charpentier, patron de sa filiale Voyages, de l'embaucher.

La présidence de la République a fait savoir aux

dirigeants de l'entreprise, encore nationalisée, que l'idéal serait un poste à l'étranger pour épargner les regards et les soupçons à celle que les journaux baptisent la « banquière occulte » du RPR. Fait-elle peur ? Sait-elle trop de choses ? Elle-même est persuadée qu'on en veut à sa vie.

Christophe Charpentier n'a aucun poste à pourvoir hors des frontières et, d'ailleurs, la dame ne parle pas anglais. En revanche, il cherche une directrice des achats. Il répond : « Je veux d'abord la voir. »

Louise-Yvonne lui fait une excellente impression : « J'ai découvert une Bretonne très modeste, d'une parfaite probité, devenue la femme de confiance de quelques Excellences qui l'ont mise dans des affaires délicates. Elle était traumatisée d'avoir été lâchée par tout le monde sauf trois personnes qui acceptaient de lui serrer la main ou même de l'embrasser sur la joue. » Le patron d'Havas-Voyages l'engage à trente-cinq mille francs par mois avant d'ajouter : « Vous êtes présumée innocente mais, à la première condamnation, vous quitterez la maison. »

En 1998, l'entreprise est vendue à l'American Express. Les nouveaux actionnaires posent des questions sur la trop illustre directrice des achats. Christophe Charpentier, fils et petit-fils d'avocat, la défend avec élégance.

Le procès Mazzotti sonne à nouveau le glas du contrat. Louise-Yvonne s'inscrit au chômage. Cette fois, elle y restera deux ans, tournant en rond dans son appartement, au bord de la dépression. C'est jour et nuit que sa mémoire tente de reconstituer le fil des événements, les noms, les chiffres. Elle s'efforce de comprendre comment tout un parti a pu se défausser sur elle. Pourquoi le directeur commercial de l'entreprise Mazzotti qui lui aurait remis trois cent quarante mille francs en liquide est-il absent du procès ? Comment Michel de Guillenchmidt, l'avocat de Juppé, peut-il aussi être celui de Jean-Claude Pittau, le PDG qui l'a dénoncée au juge ? Pourquoi, lors du procès en appel à Versailles, ce même avocat a-t-il versé au dossier une coupure de presse qui lui prête un rôle-clé dans l'affaire des marchés truqués d'Ile-de-France ?

Une instruction exige, comme pour un grand oral dont dépendrait votre vie, une énergie intérieure pour ne pas flancher : « Quand on entre dans le bureau du juge, on doit se dire : c'est ma peau que je défends » se répète Louise-Yvonne. Lorsqu'elle a reçu sa première convocation de Facturator Poirrier à se rendre rue du Château-des-Rentiers aux interrogatoires de la police judiciaire, la Casetta a eu une crise d'hypertension. Depuis elle ne cesse de s'intoxiquer aux médicaments : Myolastan, Prozac, Duspatalin, Praetazin, Adalate, une dizaine de comprimés par jour. Des crises qui reviennent chaque fois que lui parvient une rumeur circulant au RPR ou dans certains journaux selon laquelle elle aurait monté, comme Méry, son propre système de racket. Ces ragots sont pain bénit pour les policiers qui, pendant toute une journée, à coups d'insinuations, se sont acharnés à lui extorquer un premier aveu.

Le directeur juridique de la région Ile-de-France, Didier Selles, pourtant entendu comme simple témoin, parle lui aussi de son épuisement lors de ses deux jours passés au siège de la police judiciaire : « On m'a questionné de 9 heures à 16 heures. On ne m'a laissé partir que parce que j'avais des obligations professionnelles. Mais on m'a fait revenir le lendemain. Et ce jour-là, je suis resté de 9 heures du matin à 9 heures du soir, avec un sandwich à midi. Et encore, on me laissait entendre qu'on gardait souvent les gens pour la nuit en leur retirant leurs lacets et leur ceinture. » Claude-Annick Tissot est venue, elle, pour une confrontation avec un chef d'entreprise : « J'ai vu arriver dans le bureau un homme méconnaissable, hagard, en chaussettes et tenant son pantalon à deux mains. Il était au bord des larmes. Jamais je ne pourrai effacer cette image de ma mémoire. »

Après chaque interrogatoire, Louise-Yvonne part se réfugier dans son Guingamp natal. Mais même en famille, impossible de s'expliquer, de se confier. On est comme emmuré dans sa solitude. Le pire est d'être devenue célèbre pour ses apparitions entre deux policiers dans l'antichambre d'un juge. Quand elle annonce : « Je vais au marché », sa sœur a un sursaut de frayeur : « Tu n'y penses pas ! » Il en faudrait plus pour la dissuader. Devant les étals d'artichauts et de choux-fleurs, certains lui sourient : « Bravo, vous êtes courageuse. »

Mais le regard des autres est aussi une épreuve : « Dans une rencontre, il y a toujours une gêne, un moment de retenue, dit Gérard Peybernès. Pendant un quart d'heure, je me demande si mon interlocuteur ne voit en moi qu'un homme mis en examen. »

Et pour n'importe qui, mis en examen égale repris de justice.

Guy Bedos, dans un de ses sketches, a même traité Louise-Yvonne de « voleuse ». Elle aurait pu porter plainte. Mais elle est saturée de juges et de procureurs. Et un avocat coûte cher. Plusieurs redressements fiscaux lui ont déjà valu une amende et une pénalité de retard. Au total : cinq cent quarante mille francs. Dans sa déclaration d'impôts, elle aurait dû porter ses salaires fictifs non dans la colonne « traitements » mais dans celle « autres revenus ». Ce n'est pas le même taux d'imposition. Une autre erreur lui a coûté trois cent quatre-vingt mille francs supplémentaires. À ces sommes s'ajoute une caution de trois cent mille francs. Devant le juge Desmure, elle s'est étonnée d'être la seule à avoir dû la payer alors que le trésorier Oudin en a été exempté. Le magistrat, surpris, n'a eu que cette exclamation : « Ah bon ? » Et, bien entendu, elle n'a pas bénéficié d'une opportune amnistie fiscale comme Francis Poullain à qui le ministre des Finances Jean Arthuis a accordé un coup de chiffon de trente millions de francs sur son ardoise à la veille de la dissolution de 1997.

À près de soixante ans, la Bretonne, épuisée par sept ans de combat solitaire contre la justice des puissants, aspire à une préretraite. Mais ces cautions réclamées par le Trésor public l'en empêchent. Sa fille aussi est sans travail. Chaque fois qu'elle se présente dans une entreprise, le DRH lui demande d'abord de changer de nom.

Être mis en examen, c'est avoir sa vie fracassée.

« On perd ses amis, dit le député socialiste Jean-Christophe Cambadélis, pris dans la nasse de la MNEF. On croit que la terre entière nous en veut. Sans oublier la souffrance pour les enfants, la famille... »

Sa mise en examen lui a coûté le poste de premier secrétaire du PS. Nommé à Matignon, Lionel a dit à Jean-Christophe, son numéro 2 : « Si je te choisis pour diriger le parti tout le monde me tombera sur le dos. » Le 11 novembre 1999, le député de Ménilmontant a dû se mettre en congé du PS. Une semaine plus tôt, DSK avait quitté Bercy. Aujourd'hui, il attend encore un procès en appel.

Lui aussi soupçonne Sarkozy, alors ministre du Budget, d'être l'artisan de ses malheurs : « La justice a été alertée par le chef de l'Inspection générale des Finances de Bercy, Pierre Gisserot. » À propos d'un article qui le mettait en cause, Mitterrand l'avait consolé : « Si ce que dit l'article est vrai, il faut vous battre et contre-attaquer. Si ce n'est pas vrai, sachez qu'il n'y a rien de plus vieux que le journal de la veille. » Artisan et victime, en 1960, de la farce de l'Observatoire, le vieux renard socialiste a pourtant payé cher pour savoir que la presse et le public ont la mémoire longue. Pendant des semaines, ses amis craignaient que l'ancien garde des Sceaux Mitterrand ne se suicide. Pas un homme politique ne sort indemne des griffures infligées à son honneur.

Quand Riberolles, toujours flanqué de Brisset-Foucault, l'a entendu, Cambadélis lui a dit : « Notre juge à nous, monsieur le juge, ce n'est pas le prétoire, c'est la place publique. Vous obéissez à la logique de l'instruction et nous à celle de l'opinion. Si vous me mettez en examen, j'aurai fait ma peine avant ma peine. » Avec une perversité raffinée, les deux magistrats avaient convoqué ce fou de foot le jour de la demi-finale de l'Euro. Il a été accueilli par la brigade habituelle des caméras. Le dialogue s'est résumé à cette question : « Dites-nous que vous avez eu un contrat de travail de la MNEF. » Cela a duré une heure. Comme il répondait toujours non, Riberolles lui a annoncé d'une voix doucereuse : « J'ai reçu de la brigade financière ce dossier vous concernant. » Sur le bureau, il a fait glisser une chemise jaune sur laquelle était écrit ce simple mot : « Cambadélis ». Le député s'en amuse aujourd'hui : « J'ai été éduqué chez les trotskistes, il en faut plus pour m'impressionner. Après une heure de dialogue de sourds, je me suis exclamé : "Eh bien, ouvrez-le, ce dossier !" Il n'y avait rien dedans. »

Faveur consentie au parlementaire, les juges l'ont fait sortir par une porte dérobée pour qu'il échappe cette fois aux paparazzi : « Pour nous, c'est une blessure terrible car c'est une blessure narcissique. Or nous vivons de notre image. »

Jean-Pierre Thomas a préféré quitter la politique. Il a pu être engagé à la banque Lazard. Un exploit car MM. les gérants associés de la vieille maison d'affaires sont encore plus sourcilleux pour un homme mis en examen. Et il faut leur rendre visite comme pour être candidat à l'Académie française. Il a réussi une reconversion à laquelle beaucoup d'hommes politiques, tentés par Venise, aspirent en vain. « Mais aujourd'hui, je ne me bats plus que pour ma prime » confie-t-il avec nostalgie. La chute est douloureuse quand on a guerroyé dix ans pour des idées, un rêve, une utopie.

Après ses malheurs avec les policiers et les juges, le socialiste Gérard Peybernès a, lui, décidé de créer son entreprise : « Six ans de galère. Très dur, et je ne suis pas un gamin. J'aurais eu des tas de raisons d'arrêter. » Au Parti socialiste, personne ne l'a appelé. « Même Emmanuelli prétendait avoir perdu mon numéro de téléphone. Pis, on ne prenait même pas mon avocat au bout du fil. » Le jeune et séduisant Me Sylvain Papeloux est pourtant le petit-fils d'un président du Conseil de la IVe République. « Les seuls socialistes que je vois encore, ce sont des copains du rugby » dit Peybernès. Mais les menottes, il les a bien portées, lui seul et pour tout le parti. Pas étonnant que le mot « camarade » lui arrache une grimace. « Et encore, dit-il, en écho de Cambadélis, on souffre moins pour soi que pour sa famille. »

Didier Schuller, grâce à de puissants protecteurs, a pu s'offrir « sept ans de congés payés au soleil des Bahamas et de la République dominicaine ». Lorsque son fils l'a dénoncé à la veille de l'élection présidentielle de 2002, son ami Szpiner lui conseillait encore de s'exiler en Colombie : « Partir en cavale, c'est sans retour. On rentre les menottes aux poignets. Les flics ont été sympas, ils ne me les ont pas attachées dans le dos » dit-il.

Avec Papon, Sirven et Crozemarie, le quartier VIP de la Santé affiche complet : « On m'a collé dans une cellule de sept mètres carrés. » Il y passe vingt-trois jours. Sa compagne restée dans l'île apprend par

Internet qu'il est en prison : « Il a fallu expliquer aux enfants. »

À la sortie, pas un ami pour le loger. Lui qui possédait, avant son départ, trois appartements dans les beaux quartiers, a choisi de tout laisser à son ex-femme : « Normal, on se dit : le fisc peut se retourner contre toi. Il faut protéger les enfants. » Il n'y a eu qu'elle pour lui offrir l'hospitalité.

Pour ne pas avoir payé intégralement une caution de cent quatre-vingt mille euros, le juge Jean-Paul Albert le remet au trou pour une semaine. Son avocat, Jean-Marc Fedida, en est interloqué : « Je suis le seul en France à avoir été incarcéré sous ce prétexte-là », dit Schuller.

Contrairement aux pronostics des journaux, il n'a pas parlé. Il en a été mal récompensé. Même l'ami Balkany, à l'origine de ses malheurs, n'a pas eu un geste quand il a fallu réunir en toute hâte la somme exigée : « Tous mes droits d'auteur y sont passés. Dans cette histoire, j'ai aussi perdu ma retraite de haut fonctionnaire, mes deux mandats de conseiller général et régional. Je gagnais alors soixante-dix mille francs par mois. Je les aurais conservés jusqu'à ma mort. Quand je suis parti et que j'ai été flanqué à la porte de l'Administration, j'avais quarante-neuf ans. Quant à ma compagne Christel, elle est interdite de toute fonction dans une entreprise en France. »

Mais quelles que soient les blessures, la politique lâche rarement sa proie. Le grand voyageur rêve encore de décrocher la mairie de Clichy où les gens, eux, lui font la bise dans la rue : « Encore faudrait-il que, d'ici là, je ne sois pas déclaré inéligible. » Au bout de dix ans, son procès n'est toujours pas programmé. Comme Méry, Schuller a enregistré une cassette. « Et j'ai prévenu mes excellents amis : je ne me suiciderai pas. » Histoire de rappeler qu'il a commencé sa carrière politique comme attaché parlementaire de Robert Boulin, alors trésorier du parti gaulliste.

Même chez les justiciers on croise aussi des victimes. Claude-Annick Tissot, qui a révélé le pot aux roses de l'Ile-de-France, est devenue une pestiférée dans son propre camp : « Ma carrière en a pris un coup. Je suis systématiquement barrée. Ils ne veulent plus me donner un poste politique. » Conseillère de Paris grâce à la protection de Philippe Séguin, elle a monté avec deux associés une société d'import-export avec la Chine.

Attaquée en diffamation par Michel Giraud, le procès lui a coûté une petite fortune. « Si j'avais été condamnée, cela aurait pu faire autrement mal. » Et après tout, ce n'était pas impossible. L'ancien président de la région a fait citer comme témoin un élu socialiste membre de la commission d'appel d'offres, nommé Le Gars, qui a affirmé n'avoir jamais rien vu d'anormal dans les marchés publics d'Ile-de-France. À plusieurs reprises, elle a été suivie. Elle a porté plainte. Curieusement, la plainte a disparu. Tout de suite, elle a mis ses deux filles en sécurité au Portugal.

Lampistes ou vedettes de la politique sont logés à la même enseigne. Dès que sont braqués sur eux les projecteurs, dès qu'un scandale politico-financier leur vaut une notoriété de mauvais aloi, ils sont saisis par la parano : « On se retrouve dans des restaurants discrets. On se retourne pour voir si la table d'à côté ne vous espionne pas. On a toujours peur d'être sur écoutes » dit Claude-Annick Tissot.

Pour fuir toutes ces ombres effrayantes, la Cassette du RPR s'est exilée au Maroc. Henri Proglio, ami de Chirac et PDG de Veolia-Environnement, ex-filiale de la Générale des Eaux, l'a recueillie et salariée. Mais il ne peut lui assurer le repos. Chaque nuit, elle continue de se repasser le film de ses diverses mises en examen, de ses innombrables persécutions par la police et la justice. Comme dans un cauchemar, elle découvre les imperceptibles pièges que lui ont tendus tous ceux qu'elle a aidés. Et Dieu sait s'il y en a eu !

C'est à y perdre la foi : « On n'a plus de religion. Plus de vie spirituelle, plus rien » dit la Bretonne, les larmes aux yeux.

15

Comme avant, mieux qu'avant

Les grilles de l'Élysée ne sont que fêtu de paille devant la justice en marche. Mitterrand le craignait. Le petit juge Halphen, par une provocation bien orchestrée, croyait forcer le donjon présidentiel et ouvrir le procès de la Ve République.

La cour suprême, le Conseil constitutionnel, présidée par l'ancien ministre Roland Dumas, lui-même appréhendé à l'heure du laitier par la juge Eva Joly, a revêtu Jacques Chirac d'une hermine d'immunité pour la durée de son mandat. Mais il en aurait fallu plus pour stopper le bretteur fou dans sa chevauchée orgueilleuse et solitaire.

Lorsque *Le Parisien* révèle, le 28 mars 2001, qu'Éric Halphen a convoqué le président de la République comme témoin dans l'affaire des HLM de Paris, l'Élysée attend le 4 avril pour publier un dédaigneux communiqué. La porte-parole du « château » fait comprendre aux Français que le chef de l'État ne va pas, toutes affaires cessantes, se rendre à Créteil dans le bureau miteux d'un petit juge brouillon et de sa greffière autoritaire.

Quatre jours plus tard, Valéry Giscard d'Estaing, qui n'a toujours pas « jeté la rancune à la rivière », estime au contraire qu'un président en exercice peut témoigner et que lui-même l'a fait à deux reprises durant son septennat. De son côté, Arnaud Montebourg, le Spartacus des socialistes, rédige une résolution de mise en accusation de Jacques Chirac devant la Haute Cour de justice qu'il espère faire voter par l'Assemblée nationale. Il est désapprouvé par le Premier ministre Jospin. Le trotskiste repenti redoute-t-il d'être accusé par le tribunal de l'Histoire d'avoir mis à bas la Ve République ?

Le 25 avril, Éric Halphen jette aux orties sa plaque de shérif. Il se déclare incompétent pour instruire contre le président de la République. Trop incompétent ? Après six ans d'investigations laborieuses, étayées par des échos de presse et des dénonciations anonymes, son dossier n'est encore qu'un dérisoire acte d'accusation.

Les journalistes qui l'ont porté aux nues affirment que s'il avait été plus méticuleux le petit shérif aurait pu démonter la mécanique du financement du RPR. Les avocats sont, eux aussi, sévères : « Il est parti dans tous les sens. » Beaucoup ne comprennent pas pourquoi il a voulu conserver seul cet énorme dossier qui fait trembler la République. Même lorsqu'il se saisit de la cassette Méry, il commet tant d'erreurs de procédure que cette pièce maîtresse devient juridiquement inexploitable, y compris les témoignages validant les propos terribles du « Gros ».

Grâce à la petite Bretonne sans diplôme, le juge espérait pêcher de bien plus gros poissons. Accident !

Il est tombé sur un menhir. « Ce n'est pas une femme, c'est un homme, un vrai ! » dit-il. Dans son livre *Sept Ans de solitude**, qui pourrait porter en sous-titre « Mémoires d'un martyr », il oublie d'évoquer le témoignage qui a déclenché la tornade médiatique sur l'intendante du RPR : la parole d'un patient traité à l'hôpital psychiatrique Sainte-Anne !

Mais, en France, un juge d'instruction a tant de pouvoir qu'il y a de quoi perdre le sens commun. Pis, il est seul à conduire simultanément plusieurs investigations. Il n'est pas rare que dans un tribunal quatre juges d'instruction se partagent plus d'une centaine d'affaires en cours. Les effectifs n'ont guère changé depuis 1960. Convoquée à Créteil, Claude-Annick Tissot a découvert le « terrible » magistrat retranché derrière une montagne de dossiers : « Il était tout le temps interrompu par le téléphone. Il donnait gentiment des conseils à une dame qui l'appelait pour une broutille de sac à main disparu. Lors de mon audition, sa greffière le rappelait constamment à l'ordre. »

Mais plus encore que le chef de l'État, le juge est présumé infaillible. Le seul en France qui n'ait pas à répondre de ses erreurs ou de ses fautes. Au procès d'Outreau, le pays a été bouleversé par les anomalies incroyables de l'instruction. Des innocents jetés en prison pendant deux ans et demi ! Et un suicide...

L'article 144 du Code de procédure pénale rappelle pourtant que la mise en examen n'affecte pas la liberté. Dans des cas très limités, un magistrat peut

* *Op. cit.*

demander le contrôle judiciaire et, dans des cas encore plus improbables, la mise en détention. Jacques Vergès a dû se dresser devant le juge Riberolles qui voulait écrouer Louise-Yvonne : « Attendez ! Vous ne pouvez quand même pas mettre ma cliente en prison parce qu'elle ne parle pas. » Un avocat moins connu aurait-il réussi à faire plier le Savonarole des marchés truqués d'Ile-de-France ?

L'ancien porte-parole du PS, Jean-Pierre Destrade, affirme que le juge de Pau lui a mis le marché en main dès sa première audition le 5 janvier 1995 : « Ce jour-là, je me suis tu. Et j'ai été aussitôt incarcéré. J'ai tenu jusqu'au 29 août, date de mes cinquante-quatre ans... J'avoue avoir craqué au bout de huit mois, sachant que le juge Lecué prolongerait ma détention de quatre mois supplémentaires. Je lui ai donc remis, à sa demande, une note de huit pages décrivant le financement du PS par la grande distribution. La remise de cette note a déclenché ma libération le 4 septembre 1995. »

Depuis la réforme Guigou de janvier 2001, le juge d'instruction doit transmettre son dossier à un « juge des libertés et de la détention » qui décide ou non de l'incarcération. Mais par quel miracle ce dernier pourrait-il prendre une décision d'un coup de baguette magique ? Le dossier des emplois fictifs est lourd d'une trentaine de tomes. Celui des lycées de la région Ile-de-France plus volumineux encore. Que faire dans l'urgence, sinon suivre l'avis de son confrère de l'instruction ? D'autant qu'une cinquantaine de demandes de détention et de mises en liberté arrivent chaque soir.

Devant le flot des critiques soulevées à Outreau, l'ensemble de la magistrature s'est levé comme un seul homme pour soutenir, défendre, protéger le jeune Burgaud au nom de la sacro-sainte indépendance de la justice. Entretemps, l'instructeur contesté, flatteuse promotion, avait été nommé au pôle financier où se traitent les affaires les plus délicates de financement politique.

« Dans les pays anglo-saxons, on ne devient juge qu'après avoir été avocat pendant quinze ans, quand on a mis un peu d'argent de côté et qu'on est apprécié par ses confrères, dit l'avocat Christian Charrière-Bournazel. En France, ce sont des débutants qui, à vingt ans, à l'âge où leurs camarades rêvent d'humanitaire, décrètent qu'ils vont passer leur vie à juger leurs semblables. On les enferme dans une sorte de prytanée à Bordeaux où on leur inocule une dose d'orgueil, les incitant à instruire plus à charge qu'à décharge. Et sous le beau prétexte de réprimer les amoraux, ceux qui gagnent trop d'argent. » Les postes les plus ingrats sont confiés aux sortants de l'école. C'est ainsi que l'on se retrouve, à trente ans, confronté à la parole des enfants d'Outreau, certains en bas âge et d'autres manipulés par leurs parents.

Une instruction exige beaucoup de curiosité, de culture et d'ardeur au travail pour pénétrer dans un monde auquel on est étranger. Et surtout ne pas y arriver avec l'outrecuidance de croire qu'une intime conviction est source de vérité. Mais, avec les préjugés, on avance plus vite qu'avec des preuves.

Pour ne pas se laisser engloutir par l'avalanche des procédures, un juge d'instruction ne se contente plus aujourd'hui de mener patiemment son enquête. Il sait que la communication précède et parfois tient lieu d'action. Il utilise la presse pour s'attirer le soutien de l'opinion publique. Il se fait accusateur public : « Il vous proclame "coupable" comme les tribunaux ecclésiastiques de l'Inquisition, dit encore Christian Charrière-Bournazel. Le petit fantassin judiciaire qui, autrefois, tremblait en recevant un coup de téléphone du procureur ou de la chancellerie, se couvre aujourd'hui derrière l'artillerie des médias. Roland Dumas a appris par les journaux la perquisition qui devait avoir lieu chez lui. »

Quand le non-lieu, la relaxe ou l'acquittement intervient des années plus tard, le mal est fait, presque toujours irréparable.

La justice française est débordée. Et sa lenteur est devenue un scandale national. Depuis dix ans, Louise-Yvonne est brisée par les procédures judiciaires à répétition. Et elle n'en a pas fini. Et elle n'est pas la seule. L'affaire Destrade sera jugée au plus tôt vingt ans après les faits : « Les dossiers sont alors vidés de leur contenu, c'est ainsi qu'on arrive à des non-lieux incompréhensibles » reconnaît Éric Halphen.

Après la gauche la droite a découvert le prix cruel de l'argent trop facile. Les lois sur le financement politique ont été votées parce que quelques magistrats ont soulevé le couvercle d'une corruption qui gangrenait l'État républicain et pourrissait sa tête. Les mises en examen spectaculaires et en cascade ont affolé des politiques habitués à faire danser l'anse du panier : « Eux, ils savent bien ce qu'ils ont fait si le juge ne le sait pas forcément » assure aussi l'ancien shérif de Créteil. Et pourtant rares sont ceux à qui les magistrats demandent des comptes. Le procès de Nanterre est une démonstration éclatante d'une justice frappée de myopie : une demi-douzaine de condamnés pour combien d'élus et de personnalités, réputés honorables, qui ont bénéficié d'emplois fictifs ?

Les chefs d'entreprise avouent être excédés d'avoir payé les partis et de payer encore lors des procès. Ils sont toujours les plus nombreux à essuyer les peines les plus sévères.

Dans l'affaire Destrade, tous les hommes politiques ont été blanchis par un non-lieu. Seuls les patrons des grandes surfaces sont renvoyés en correctionnelle : « En somme, s'indigne Gérard Mulliez, le fondateur d'Auchan, ce sont les rackettés qui trinquent. Mais s'il n'y a pas de racketteurs comment pourrait-il y avoir des rackettés ? » La note remise au juge par Jean-Pierre Destrade était pourtant accablante : « Son contenu relate la mission "officieuse" que m'avait confiée Henri Emmanuelli vis-à-vis de la grande distribution. Il s'agissait pour moi de transmettre au ministre du Commerce et de l'Artisanat de l'époque, François Doubin, radical de gauche, les souhaits des enseignes en matière d'implantation, moyennant commission financière en faveur du PS (deux tiers) et des radicaux de gauche (un tiers). Si le ministre en signait l'autorisation, le montant de la commission était fixé par Henri Emmanuelli, soit aux environs de trois mille cinq cents francs par mètre carré, comme l'a d'ailleurs confirmé Gérard Monate au juge Pons. » Aujourd'hui l'argent du contribuable alimente généreusement les caisses politiques : pour 2003, l'UMP a reçu plus de trente-trois millions d'euros, le Parti socialiste près de vingt millions, l'UDF et le Front national quatre millions cinq cent mille chacun, les communistes trois millions sept cent mille et les Verts plus de deux millions d'euros. Même le RPF de Charles Pasqua a perçu deux cent quatre-vingt-deux mille euros. Au total 73 235 264 euros ont été distribués. Huit fois plus que les commissions annuelles sur les marchés truqués des lycées d'Ile-de-France. C'est énorme !

Les politiques qui n'en ont jamais assez viennent pourtant d'imaginer des stratagèmes pour continuer à ponctionner la vie économique. Comme avant, mieux qu'avant. Et cette fois sans risquer la prison. Un amendement voté au Sénat à l'initiative de Jean-Pierre Raffarin autorise désormais les partenariats « public-privé ». Trois nouvelles lettres, les PPP, pour remplacer les Metp à l'origine des magouilles de la région.

Autre lapin sorti du chapeau : la création d'une fondation qui, en plus des subventions du gouvernement, peut faire la quête auprès des entreprises. L'ancien président RPR de la Lyonnaise des Eaux, Jérôme Monod, qui a si prestement échappé aux coups de filet des juges, a appelé la sienne : Fondation pour l'innovation politique. Son siège, quai d'Orsay, a été inauguré au champagne le lendemain de la condamnation d'Alain Juppé. Un des dirigeants de Bouygues s'offusque : « Nous avons eu droit au rituel bien connu. Un coup de téléphone : “Je vous demande de recevoir Untel”. Du racket à peine déguisé. Nous avons vite tranché : cette fois, plus question de payer. » Et il ajoute : « Les lois ont quand même changé les choses. Si l'on veut être honnête, à présent, on peut. »

Mais cette ivresse de l'argent facile, d'une manne qui tombe du ciel, les juges n'ont pas réussi à en guérir les hommes politiques. Beaucoup de ministres restent fascinés par les salaires et les stock-options des grands patrons avec qui ils déjeunent pour parler de croissance. Un membre du gouvernement Raffarin met les chiffres sur la table : « Il y a une dizaine d'années, on citait les réussites spectaculaires de quelques patrons emblématiques. Aujourd'hui, les écarts sont abyssaux, au moins de un à vingt. Pour un cadre de banque d'affaires de trente à trente-cinq ans, rien que les primes annuelles équivalent à dix fois le salaire d'un ministre. Faire de la politique, c'est consentir à un bénévolat rémunéré. Ou être animé d'un orgueil pathologique. »

Orgueil ? Et conscience de ses limites. Les hommes qui nous gouvernent sont incapables de se reconvertir alors qu'ils le recommandent en permanence aux Français. Et aucun grand ténor de la scène publique n'a osé escalader la montagne du *business* privé alors que chez nos voisins européens ce chassé-croisé est un signe de vitalité politique.

Dans leurs discours, les élus ne cessent de déplorer une France qui vit au-dessus de ses moyens. Mais à regarder le train de vie des ministères et des palais de la République, on est choqué ! Pas une entreprise n'y survivrait. Louise-Yvonne le savait bien, elle qui réglait les billets d'avion, retenait les chambres d'hôtel, achetait les voitures de fonction, signait les notes de frais des restaurants...

La dame à la cassette a d'abord remis de l'ordre dans les finances débridées du RPR.

Mais rien ne prouve que le calvaire d'une petite Bretonne et de tant d'autres lampistes ait fait disparaître les flots d'argent sale, ces fatales dérives que les juges tentent vaille que vaille d'endiguer pour éviter qu'elles ne conduisent au naufrage de la démocratie.

Table des matières

Cet ouvrage a été imprimé par

FIRMIN DIDOT

GROUPE CPI

Mesnil-sur-l'Estrée

pour le compte des Éditions Robert Laffont
24, avenue Marceau, 75008 Paris
en septembre 2004

Cet ouvrage a été composé et mis en pages
par Étianne Composition
à Montrouge.

Dépôt légal : octobre 2004
N° d'édition : 45483/01 - N° d'impression : 70110

Imprimé en France